KB099082

시슈머레프 촌장님께

얼굴도 모르는 촌장님의 친절과 호의에 기대어 이 편지를 드립니다.
저는 호시노 미치오라는 스무 살 대학생입니다.
저는 알래스카의 대자연과 야생동물 등에 관심이 아주 많습니다.
이번 여름에 알래스카에 갈 생각인데요,
가능하다면 시슈머레프에 가서 한 달 정도 머무르며
그곳 분들과 함께 생활해보고 싶습니다.
혹시 저를 받아줄 가족을 소개해주실 수 있으신지요?

호시노 씨에게

답신이 늦어 죄송합니다.
우리 집에 묵을 수 있을지에 대해 아내와 얘기해보았습니다.
도착 예정일을 정확히 알려주면 도움이 되겠습니다.
놈에서 시슈머레프로 오는 교통 편도 알아봐야 하니까요.

우리는 당신을 환영합니다.

긴

여행의

도중

NAGAI TABI NO TOJO
by HOSHINO Michio

Copyright © 1999 HOSHINO Naoko
All rights reserved.
Original Japanese edition published by Bungeishunju Ltd., in 1999.

Korean translation rights in Korea reserved by Bookhouse Publishers Co., Ltd. under
the license granted by HOSHINO Naoko, Japan arranged with Bungeishunju Ltd.,
Japan through ENTERS KOREA CO., LTD.

이 책의 한국어판 저작권은 (주)엔터스코리아를 통한 저작권사와의 독점 계약으로
(주)북하우스가 소유합니다. 저작권법에 의해 한국 내에서 보호를 받는 저작물이므로
무단 전재와 무단 복제를 금합니다.

긴
여행의
도중

호시노 미치오 지음―박재영 옮김

엘리

차례

1
·

치음 맞는 겨울 · 11

약속의 강 · 18

빌 베리 · 32

어느 모자의 재생 · 39

첫 아프리카 · 46

우리의 영웅 · 53

혹등고래를 쫓아서 · 60

카리부 펜스 · 68

새로운 사람들 · 76

아늑히 먼 발소리 · 84

돌고 도는 계절의 변화 · 88

유구한 자연 · 90

겨울 · 93

봄소식 · 98

애틋한 꽃 · 103

싯카 · 108

알래스카의 여름 · 113

2

오로라의 춤 · 119
유수의 속삭임 · 124
혹등고래의 우아한 춤 · 129
산천에 메아리치는 카리부의 노래 · 134
툰드라에 피어나는 작은 생명 · 138
무스에게 내리는 눈 · 143
머나먼 시간을 넘어서 · 148
알래스카 산맥의 겨울_자연의 맹위 · 153
흰올빼미의 새로운 가족 · 158
평온한 봄날에 · 163

3

자연의 속삭임 · 171
오로라 · 174
빙하 · 178
어미 곰과 새끼 곰 · 182
봄 · 185
유산 · 189
루스 빙하 · 192
두개골 · 196
카리부의 여행 · 199
사냥꾼의 무덤 · 203
계절의 색 · 206
하지 · 209
해변 · 212
동경 · 215
여행의 끝 · 219
큰까마귀 · 222
땅다람쥐의 자립 · 225
묘지기 · 228
들판과 대도시 · 231
장로 · 234

4
·

무스 · 239

하울링은 야생을 유혹한다 · 247

극북의 방랑자 · 256

맥닐 강 · 261

나누크 · 267

큰까마귀의 신화를 찾아서 · 271

남동알래스카 여행에 관해서 · 278

문집『알래스카』서문 · 281

5
·

『알래스카, 바람 같은 이야기』에서 · 291

  베리 길버트

  하버드 빙하

  소녀 애나

  알래스카 묘비

  세스나의 소리

  해표유

  카리부의 골짜기

  그리즐리에게 도전한 무스

  해달의 바다

  바람의 새

  '스펜서의 산'

  돌산양

  제이 하몬드

  최초의 사람들

  야광충

  원주민 토지청구 조례

  들판에 산다는 것

  가을의 브룩스 산맥

  시베리아의 바람

  조지 아틀라

알래스카의 외침 · 350

편집 후기 · 366

1
·

지나가는 지금이 가진 영원성.
나는 아무것도 아닌 일의 심원함에 매료되었다.

처음 맞는 겨울

아직 한 살도 안 된 아들이 은행잎이 떨어지기 시작한 베란다에 앉아 9월의 가을바람을 맞고 있다. 쇠박새가 나무들 사이를 쓱 날아다니고, 아메리가 붉은 다람쥐가 등자나무 가지 위에서 날카로운 경고음을 내고, 바람이 자작나무 잎을 사각사각 흔들 때마다 아들은 세상으로 시선을 휙 돌린다. 그 순간 아이의 눈동자에서 벌써부터 부모의 존재와 상관없이 한 사람의 인간으로서 살아가는 힘이 느껴지는 이유는 무엇일까? 그럴 때 문득 칼릴 지브란의 시가 생각난다.

당신의 아이는 당신의 아이가 아니다. 그들은 인생 자체의 아들이며 딸이다. 그들은 당신을 통해서 오지만 당신으로부터 온 것이 아니다. 그들은 당신과 함께 있지만 당신에게 속한 것은 아니다. 당신은 그들에게 사랑을 줘도 되지만 당신의 생각을 주어선 안 된다. 그들의 마음은 당신이 방문할 수 없는, 꿈속에서도 방문할 수 없는 내일의 집에 살고 있기 때문이다.

그리고 지금은 12월. 기온도 제법 떨어져 영하 30도의 공기

속에서 아이의 얼굴이 발갛게 물들었다. 태양도 지평선 저편으로 멀리 사라져 긴 밤이 하루를 지배하고, 맑게 갠 밤하늘에는 오로라가 춤추고 있다. 내게는 18년째, 아들에게는 처음인 알래스카의 겨울이 돌아왔다.

분주하게 지나간 1년을 돌아보면 역시 아이의 존재가 컸다. 알래스카의 자연을 동경한 나머지 이곳으로 이주해 정처 없이 여행하던 내가 가정을 꾸리고 아빠가 되었다. 그것은 집을 짓고 알래스카에 뿌리를 내렸을 때와 마찬가지로 주위의 풍경을 조금씩 바꿔나갔다. 말로 잘 표현할 수는 없지만 예를 들어 나무들과 화초, 바람과 오로라 속에서도 내 아이의 생명이 느껴진다고나 할까? 사람들이 같은 장소에 서 있어도 각기 다른 풍경을 보는 것은 각자의 인생이 다르기 때문일지도 모른다.

겨우 걸음마를 시작한 아들은 마치 이 시기에 주어진 과제인 것처럼 구르고 떨어져서 날마다 어딘가에 머리와 몸을 부딪친다. 몇 번인가 마음이 조마조마해진 적도 있었지만 어떻게든 살아남았다. 아이의 생명력에 놀라면서도 삶과 죽음이 서로 이웃하는 어이없을 정도의 연약함을 느꼈다. 그 연약함을 생각하면 할수록 아이가 더욱더 사랑스러워진다.

언젠가 침대에서 굴러떨어지는 바람에 커다란 혹이 생겨 울부짖는 아이를 앞에 두고 문득 생각한 것이 있다. 아프다고 우는 아이가 가여워서 가능하면 내가 대신 아파주고 싶지만 아무리 해도 이 아이의 아픔을 느낄 수 없다. 내가 부딪친 것이 아니니 당연한 일이기도 하다. 하지만 부모는 내 아이의 아픔을 자신의 아픔처럼 느낀다는 말이 있지 않은가? 아, 몸의 통증과 마음의 아픔은 다르다는 그런 뜻일까?

그런데 나는 이런 생각을 하다가도 우는 아들을 바라보며 '이 아이는 혼자서 살아가겠구나' 하고 어렴풋이 생각했다. 부모라고 해도 아이 마음의 아픔까지 진심으로 이해할 수는 없지 않을까? 그저 할 수 있는 일은 내내 지켜봐주는 것뿐이다. 그 한계를 느낄 때 어쩐지 참을 수 없이 아이가 사랑스러워진다.

올여름 어느 날, 무스(말코손바닥사슴) 어미와 새끼가 우리 집 정원을 가로질러 갔다. 몸무게가 600~700킬로그램에 달하는 무스는 사슴의 이미지와는 거리가 멀어서 이 거대한 동물이 집 근처에 나타나면 언제나 깜짝 놀라게 된다. 알래스카에서는 매년 누군가가 무스에게 죽임을 당하고 더구나 새끼가 있는 무스는 곰보다 더 위험할지 모른다. 뒷발로 일어서서 상대를 앞발로 차기 때문이다. 나도 들판을 걷다가 몇 번이나 어미 무스에게 위협을 받은 적이 있다. 이는 어느 동물에게나 있는, 자기 새끼를 지키려는 본능적인 행동이다. 머리로만 이해했던 부분을 이제는 좀 더 부모 무스의 입장이 되어 이해할 수 있다. 자신이 있던 곳에서 조금만 벗어나보면 지금까지 보이지 않았던 일들이 보이게 된다.

성인이 되고 우리는 어린 시절을 그리워한다. 우리가 그리워하는 것은 그때 한창 빠져 있던 놀이일까? 지금은 사라져버린 공터일까? 아니면 소꿉친구? 그럴 수도 있다. 하지만 아마 가장 그리운 것은 그 시절 무의식적으로 느꼈던 시간 감각이 아닐까? 과거도 미래도 없이 그저 그 순간순간을 살아간, 다시 되돌릴 수 없는 시간에 대한 향수. 과거나 미래는 우리가 마음대로 만들어낸 환상에 불과하며 사실 그런 시간은 존재하지 않을지도 모른다. 하지만 인간이라는 동물은 그 환상에서 애처로울 정도로 벗어날 수 없다. 여기에는 분명 어떤 종류의 훌륭함과 그와 비슷한 정도의 시시함이 내포되어 있을 것이다. 아직 어린 아이를 볼 때, 또 모든 동물들을 볼 때, 나는 그들이 지금 이 순간을 살고 있다는 신비함에 속절없이 끌리고 만다.

확실히 우리에게는 어느 쪽의 시간도 필요하다. 여러 과거를 후회하고 여러 내일을 고민하며 분주한 일상에 쫓기는 시간 역시 부정하지 말고 소중히 해야 한다. 그렇지만 어른이 되어감에 따라 우리는 또 하나의 시간을 너무나도 먼 기억 저편으로 쫓아내버리는 것이다.

얼마 전 고무보트를 타고 알래스카의 강을 내려갈 때의 일이다. 강의 흐름을 따라 유유히 흘러가고 있는데 문득 앞쪽을 보니 강기슭 포플러나무에 흰머리수리 한 쌍이 앉아 있었다. 급류는 고무보트를 점점 나무 밑으로 밀어넣었고 흰머리수리도 가만히 나를 내려다봤다. 날아갈까? 아니면 지나가게 해줄까? 나는 그저 멍하니 녀석을 바라봤다. 긴장감에 숨이 막히는 시간이 흘렀다. 나를 바라보고 있는 흰머리수리는 과거도 미래도 아닌 정말 이 순간, 한순간을 살고 있다. 나 또한 먼 옛날의 어린 시절에 그랬던 것처럼 지금 이 순간만을 바라보고 있다. 한 쌍의 수리와 내가 서로를 이해하는 기적 같은 시간. 지나가는 지금이 가진 영원성. 나는 아무것도 아닌 일의 심원함에 매료되었다. 강의 흐름은 나를 나무 바로 아래를 지나 빠져나가게 했고 흰머리수리는 날아가지 않았다.

매일매일의 생활 속에서 '지금, 이 순간'이란 무엇일까? 문득 생각해보니 내 경우에는 그것이 '자연'이라는 말에 도달한다. 눈에 보이는 세계만이 아니다. '내면의 자연'과의 만남이다. 새로운 무언가를 만들어낸다기보다 그저 흘러가는 시간을 되찾는 것이다.

앞으로 열흘이 지나면 동지다. 이 땅에서 생활하는 사람들에게 그날은 마음의 분기점이다. 앞으로 극북의 혹독한 겨울이 시삭되겠지만 태양이 그리는 포물선은 조금씩 넓어진다. 그리고 사람들은 마음 어딘가에서 봄의 소재를 확실히 파악하고 있다.

오늘도 태양은 지평선에서 겨우 얼굴을 드러냈을 뿐이다. 지는 저녁 해가 얼어붙은 겨울 하늘을 잠시 동안 붉게 물들인다. 이윽고 어둠이 밀려오고 긴 밤이 시작된다. 해가 지지 않는 여름의 백야보다 암흑으로 뒤덮이는 겨울에 더욱더 끌리는 이유는 태양을 사랑한다는 먼 기억을 상기시켜주기 때문일지도 모른다. 어두운 겨울은 잊고 있었던 우리의 연약함을 슬며시 알려주는 것이다.

약속의 강

언젠가 꼭 함께 여행하자던 약속의 강이 있었다. 어느 날, 문득 남은 시간이 얼마 없다는 것을 깨달았다. 지난해 우리는 그 꿈을 이루기 위해 극북의 강, 신제크Sheenjek로 향했다.

셀리아 헌터(77세), 지니 우드(78세)는 알래스카 개척 시절을 살아온 여성들이었다. 나는 두 사람이 사는 숲속 통나무집을 찾아가, 이 땅의 옛이야기 듣는 것을 좋아했다. 그녀들도 자신들보다 훨씬 늦게 이 땅에 온 나에게 무언가를 부탁하듯 끊임없이 이야기를 건넸다. 나이를 뛰어넘어 우리가 소중한 친구로 지낼 수 있었던 이유는 알래스카라는 땅을 똑같은 마음으로 바라봤기 때문일 것이다.

"언젠가 알래스카 북극권의 강을 함께 가면 좋겠어요. 강의 흐름에 몸을 맡기며 수천 년 전과 하나도 달리지지 않은 극북의 벌판을 느긋하게 여행하고 싶어요."

"아주 먼 옛날부터 줄곧 반복되어온 카리부의 계절이동이나 늑대를 만날 수 있을까요?"

"멋진 강을 찾아봐요…… 발견하게 되면 바로 떠납시다. 언젠가 반드시 가요."

만날 때마다 그런 꿈 얘기를 한 지 대체 몇 년이 흘렀을까? 셀리아와 지니도 서서히 늙어갔다. 더 늦기 전에 우리의 약속을 반드시 실현시켜야 했다.

"신제크……는 어때요? 알래스카 북극권을 동서로 가로지르는 브룩스 산맥에서 남쪽으로 흘러 유콘으로 흘러들어가는 강이에요. 예전부터 쭉 가보고 싶었던 강이거든요."

어느 날, 사라질 뻔한 꿈을 되찾듯이 나는 말해보았다. 이제 곧 여든을 바라보는 셀리아와 지니의 얼굴이 먼 옛날의 소녀처럼 반짝반짝 빛났다.

"찬성이에요! 신제크에는 언젠가 가보고 싶었어요. 지금까지 수많은 알래스카의 강을 여행했지만 그 강만은 어쩐지 가본 적이 없어요."

장대한 브룩스 산맥 골짜기를 완만하게 흐르는 신제크는 우리에게 딱 어울리는 강일지도 모른다. 알래스카 북극권으로 카리부를 촬영하러 가는 길에 지금껏 몇 번이나 이 아름다운 골짜기 위를 날아갔는데 그때마다 반짝반짝 빛나는 물의 흐름은 언제나 내 마음을 사로잡았다. 인기척이 전혀 없는 세계지만 그곳은 극북의 인디언들이 먼 옛날부터 카리부 사냥을 하던 땅이다. 언뜻 아무도 발을 들여놓지 않은 것처럼 보이는 그 들판에는 사실 수많은 이야기가 가득했고, 그 이야기 속의 신제크는 신비한 골짜기였다.

마음으로만 흐릿하게 그리던 강은 지도 위에 확실히 상을 맺었다. 잘 익은 열매가 따야 할 시기가 되어 땅에 툭 떨어지듯이 소중한 약속의 강으로 떠날 날도 드디어 정해진 것이다. 신제크는 셀리아와 지니에게 분명히 마지막 강이 될 것이다. 알래스카의 한 시대를 누구보다 빛을 내며 앞서 걸어온 두 여성의, 마지막 작은 모험이 될 것이다.

1946년이 막 저물어갈 무렵, 페어뱅크스 사람들은 연락이 끊긴 소형 비행기 두 대를 애타게 기다리고 있었다. 두 명의 여성이 미국 본토에서 알래스카를 향해 비행해 온다고 했다. 그러나 비행기가 출발한 지 벌써 27일이 지났다. 알래스카로 가는 첫 비행을 셀리아는 이렇게 회상했다.

"지독히 추운 겨울이었어요. 영하 50도, 아니 더 밑으로 떨어진 날이 계속됐지요. 중간중간 착륙해서 날씨가 좋아지기를 기다리며 조금씩 북쪽으로 비행했어요. 페어뱅크스에 도착한 날은 블리자드가 몰아친 탓에 도저히 마을 변두리의 작은 비행장을 못 찾겠더라고요. 그러다 크리머즈 농장의 넓은 터가 보이기에 그곳에 과감히 착륙했죠. 눈이 20센티나 쌓여 있었는데 용케 전복되지 않았답니다. 그날이 1947년 1월 1일이었어요."

하늘을 나는 것을 꿈꾸며, 아직 미명기의 알래스카를 향해 모험을 떠나온 젊은 날의 셀리아와 지니. 그녀들이 그 후에 남긴 발자취는 바로 이 땅의 역사이기도 했다.

알래스카 북극권을 날아다니던 부시파일럿bush pilot 시절, 두 사람은 지금은 사라져버린 옛 에스키모인들의 생활을 오래도록 지켜봤다. 그리고 매킨리 기슭에 지은 산장, 캠프 데날리. 20여 년 동안 운영된 이 작은 산장은 다양한 사람들과 접할 수 있는 만남의 장이 되었다. 알래스카 자연사의 전설적인 생물학자 뮤리 형제, 매킨리 산 전역의 지도를 작성한 탐험가 브래드포드

워시번, 극북의 자연을 끊임없이 그린 화가 빌(윌리엄) 베리……
그들은 알래스카의 또 다른 역사를 만들어준 사람들이며, 그
수레바퀴의 중심에는 언제나 셀리아와 지니가 있었다.

미국의 마지막 미개척지 알래스카를 둘러싸고 개발이냐 자
연보호냐를 놓고 격동하던 1970년대, 두 사람은 그 시대의 소
용돌이 속으로 휩쓸려간다. 다양한 활동을 거친 셀리아는 1976
년 미국에서 가장 권위 있는 자연보호단체인 〈윌더니스 소사이
어티〉에 최초의 여성 회장으로 취임했고, 알래스카에서 워싱턴
D.C.라는 중앙 무대로 나아갔다. 이때에 셀리아가 알래스카 자
연에 미친 영향은 결코 적지 않았다.

젊은 날 모험을 꿈꾸며 알래스카로 날아온 셀리아에게 그런
시대가 기다리고 있을 줄은 상상도 못했을 것이다. 그녀는 종종
말했다. "인생이란 당신이 뭔가를 계획하고 있을 때 생겨나는
또 다른 사건이다."

그 후 미국의 환경보호운동 제일선에서 물러나 알래스카로
돌아온 셀리아는 젊은 날을 함께 보낸 지니와 페어뱅크스의 낡

은 통나무집에서 줄곧 함께 살고 있다. 그녀는 지금도 산에 오르고 크로스컨트리를 즐기며 산악자전거를 타고 현지 신문에 칼럼을 쓰며 다양한 모임에 얼굴을 내민다. 바람처럼 자유로운 정신을 소유한 셸리아와 지니는 나에게 인생을 긍정적으로 살아가는 에너지를 불어넣어주었다.

6월 30일, 알래스카의 계절은 초여름이다. 끊임없이 그려온 꿈이 마침내 이루어지는 날 아침에는 왜 마음이 고요해지는 것일까? 하지만 공항 뒤쪽에 있는 프론티어 항공의 낡은 사무소에 도착할 무렵에는 어쩐지 흥분이 되었다. 셸리아와 지니가 산더미 같은 짐을 짊어지고 왔다. 우리 모두의 친구인 마이크도 이 여행에 참여하게 되었다. 초등학교 선생님이지만 알래스카 급류 타기 전문가이자 마음 든든한 조력자다. 모두가 소풍을 가는 아이들처럼 신이 나서 떠들었다.

"드디어 꿈이 이루어졌어!"

"주먹밥을 좀 만들어봤는데 하나 먹어보세요!"

"이봐, 고무보트 옮기는 것 좀 도와줘!"

"미치오, 당신이 식사 당번이죠? 메뉴는 뭐예요?"

"아, 사진 담당을 정합시다."

우리는 10인승 비행기로 극북의 인디언 마을 아크틱 빌리지까지 이동한 뒤 그곳에서 세스나로 신제크 골짜기에 들어가게 되었다. 빙하가 녹는 초여름의 북극권은 매년 강가의 잔설이나 수위가 다르기 때문에 세스나가 어디에 착륙할 수 있을지조차 알 수 없었지만, 모두 그런 걱정은 머릿속에서 지웠다. 셀리아도 지니도 한 치 앞을 모르는 알래스카의 자연 속에서 살아왔다. 중요한 것은 출발하는 것이었다.

나는 문득 '추억'이라는 것을 생각했다. 사람의 일생에는 추억을 만들어야 하는 때가 있는 듯했다. 셀리아와 지니는 그 인생의 '때'를 누구보다 잘 알고 있었다.

우리를 태운 비행기는 신록의 페어뱅크스를 출발하여 아직 여름이 된 지 얼마 안 된 알래스카 북극권으로 향했다.

"저것 봐, 카리부 떼가 이동하고 있어. 북쪽으로 가는 거야!"

부시파일럿 돈의 목소리가 헤드폰에서 들려왔다. 창문에 이

마를 대고 보니 발아래 브룩스 산맥 능선 위로 카리부 400~500마리가 띠 모양을 이루며 움직이고 있었다. 극북의 벌판을 바람처럼 떠도는 카리부의 이동은 임청나게 넓은 이 땅에 확실한 의미를 부여했다. 세스나는 능선 위를 선회한 후 다시 신제크 골짜기로 향했다.

이 여행의 파일럿이자 우리 모두의 친구이기도 한 돈은 우리 네 사람을 실어다주기 위해 극북의 인디언 마을 아크틱 빌리지와 신제크 강 사이를 두 번이나 왕복해야 했다. 넘쳐나는 장비와 셸리아와 지니를 태우고 떠난 첫 비행기가 돌아왔을 때 나와 마이크는 한시름을 놓았다. 일단 신제크 골짜기 어딘가에 제대로 착륙했다는 뜻이기 때문이다. 강의 수위, 잔설의 상황, 눈이 녹은 지 얼마 안 되어 부드러운 지면 등, 초여름 알래스카 북극권의 자연은 아직 불안정한 탓에 세스나가 착륙할 수 있는 장소가 과연 있기나 할지 도통 알 길이 없었다.

몇 개의 능선을 넘었을 때 갑자기 눈앞에 장대한 골짜기가 펼쳐지더니, 은사처럼 반짝거리며 들판 위를 꾸불꾸불 유유히 흐르는 강물이 보였다. 카리부의 계절이동을 따라 북극권으로 향하는 도중, 지금까지 몇 번이나 이 아름다운 극북의 강을 내려다봤을까? 언젠가는, 언젠가는 꼭 가야지 하며 벌써 18년이라는 세월이 흐르고 말았다.

강의 흐름을 따라 다시 북쪽으로 날아가서 브룩스 산맥의 깊은 골짜기가 점점 양쪽으로 좁아지자 셀리아와 지니임이 분명한 사람의 모습이 강변에 보였다. 세스나는 산의 표면을 따라 크게 돌아 들어가며 내려갔고 곧 강한 충격과 함께 두세 번 크게 튀어오르더니 순식간에 주위의 풍경이 멈췄다.

문을 열고 내리자 눈앞에 신제크가 거침없이 흐르고 있었다. 텐트를 친 셀리아와 지니가 종종걸음으로 다가왔다.

"미치오. 우리가 드디어 약속의 강에 왔네요!"

"맞아, 이제야 겨우 신제크에 도착했어."

우리는 마치 아이처럼 떠들며 서로 얼싸안았다.

세스나가 떠나자 무서우리만큼 고요한 브룩스 산맥 골짜기의 침묵이 몰려왔다. 이제 들리는 것은 신제크의 물소리뿐이었다.

흐트러짐 없이 이어져온 태고의 고요함. 우리는 강가에 서서 그 정숙함에 귀를 기울였다.

"미치오, 우리를 이곳에 데려와줘서 고마워요."

갑작스러운 셀리아의 말에 이것이 두 사람의 마지막 브룩스 여행이 되리라 직감했다. 셀리아와 지니가 여든을 바라보고 있다는 사실을 언제나 잊고 있었다. 하지만 최근 몇 년 동안 두 사람의 대화 속에서 이전과 다른 기색을 느끼고 있었다. 누구나 언젠가 각자의 노화를 맞이한다. 그것은 조용한 겨울 저녁, 누군가가 문을 두드리듯이 찾아오는 것일까?

작은 유목을 그러모아 모닥불을 피울 준비를 할 때였다. 그 모습을 멀리서 지켜보던 지니가 더는 못 참겠다는 듯이 말했다.

"미치오, 뭐 해요?"

"불을 피우려고요."

"그렇게 추워요?"

야영할 때 나는 언제나 습관처럼 모닥불을 피웠다.

"잘 봐요. 이 강변에 얼마나 유목이 적은지. 우리가 하룻밤 모닥불을 피우는 것만으로 이곳의 유목을 다 쓰고 말걸요?”

나무가 거의 자라지 않는 툰드라에서 강을 타고 떠내려오는 약간의 나무들은 귀중했다.

“아크틱 빌리지에 사는 인디언들이 겨울에 이 골짜기를 여행할지도 몰라요. 언젠가 누군가에게 이 모닥불이 정말로 필요할 수도 있지 않을까요?”

다음 날 능선 위로 오르는 아침 햇살을 받으며 우리는 신제크의 물살을 탔다. 고무보트 밑에서 전해지는 물의 감촉, 사방으로 튀는 물보라, 바뀌어가는 풍경…… 오래도록 이야기했던 약속의 강을 드디어 찾아왔다. 신제크의 물살은 부드러웠고 물은 수정처럼 투명했다. 강이 크게 구부러질 때마다 극북의 벌판을 서서히 돌아간다. 물살을 타고 여행하며 우리는 이 장대한 자연의 일부가 될 수 있었다.

노를 저으며 두서없는 이야기가 끝없이 이어졌다. 누군가가 새로운 이야기를 꺼내 한차례 끝내고 나면 또 모두가 잠자코 흘러가는 풍경을 바라보며 넋을 잃었다. 마음이 내킬 때면, 마음에 드는 곳에서 멈췄다. 해 질 무렵이면 캠핑을 위한 멋진 장소를 찾았다. 얼마나 기분 좋은 저녁을 보낼 수 있는가 하는 것은 추억에 불을 밝히는 것처럼 중요한 일이었다.

　어느 날 오후, 우리는 고무보트를 물가에 댄 뒤 들판을 헤치고 들어갔다. 라스트 레이크Last lake라고 불리는 작은 호수를 찾기 위해서였다.

　반세기도 전에 뮤리라는 전설적인 생물학자가 알래스카에 살았다. 훗날 미국 자연보호운동의 선구자가 된 사람이다. 뮤리는 젊은 나이에 세상을 떠났던, 아내였던 마거릿은 후에 『극북의 두 사람*Two in the Far North*』이라는 책을 출간했다. 그 책은 이 땅의 자연을 그리워하는 사람들이 읽는 알래스카에 관한 고전인데, 그중에 신제크라는 장이 있었다. 라스트 레이크는 뮤리 부부가 젊은 시절 이 골짜기에서 한여름을 보낸 장소로, 마거릿이 이름 붙인 호수였다. 셀리아의 오랜 벗인 그녀는 이미 아흔이 넘었지만 지금도 와이오밍 주의 산장에서 혼자 살고 있었다.

　"출발하기 전에 마거릿에게 전화를 걸었어요. 이제부터 신제크에 간다고…… 그녀는 정말로 그리운 듯이 말했어요. 라스트 레이크가 예전 모습 그대로 있는지 봐달라고 했어요.”

우리는 지도를 의지하며 산자락 쪽으로 걸어갔다. 하늘이 새파랄 정도로 맑아 하이킹하기 좋은 날씨였다. 도중에 오래된 카리부의 뿔이며 동물의 변 위에만 자라는 희귀한 화병이끼를 발견할 때마다 우리는 잠깐씩 쉬었다. 넓고 큰 잔설지대를 넘어서 작은 가문비나무 숲을 빠져나가자 갑자기 눈앞에 호수가 나타났다. 그곳이 바로 ‘라스트 레이크’였다.

셀리아와 지니는 호숫가에 바싹 붙어 앉아 수면 위를 헤엄치는 아비 두 마리를 바라봤다. 호수는 오랜 세월 아무도 찾지 않은 분위기를 물씬 풍겼다. 문득 셀리아의 말이 떠올랐다.

“말로만 듣던 라스트 레이크를 보러 가다니, 우리한테는 성지를 찾아가는 것이나 다름없어요.”

다음 날 아침, 베이스캠프에 늑대가 나타났다. 신제크의 물살을 헤쳐 건너려는 참이었다. “늑대다!” 마이크가 속삭이듯이 외쳤지만 셀리아와 지니가 눈치 챘을 때는 이미 풀숲으로 모습을 감춘 후였다. 나는 기도하는 마음으로 주위를 둘러봤다. 두 사람에게 어떻게든 늑대를 보여주고 싶었다. 그러자 갑자기 늑대가 눈앞의 언덕에서 모습을 나타냈다. 늑대는 잠시 우리를 내려다본 후 반대쪽 골짜기로 사라졌다.

신제크에서 늑대를 본 것은 우리 여행에 결정타를 날렸다. 알래스카의 한 시대를 빛내며 걸어온 두 사람의 마지막 여행에 늑대가 슬쩍 찾아와준 것만 같았다. 아이에서 어른으로 성장해이윽고 늙어가는 인간 각자의 시대를 향해 자연은 다양한 메시지를 보내준다. 늑대는 그들에게 과연 무슨 말을 건넸을까?

우리는 다시 보트를 강에 띄우고 물살을 타고 내려갔다. 약속의 강, 신제크는 내 기억 속을 쉼없이 흐르다가 어느 날 문득참을 수 없는 그리움으로 떠오를 것이다.

"앞으로 100년, 200년쯤 흘렀을 때 신제크 골짜기는 어떻게변해 있을까?"

지니가 노를 저으며 문득 중얼거렸다. 우리는 각자의 생각 속에서 그 확실한 대답을 찾고 있었다.

빌 베리

초여름의 어느 날, 셀리아와 지니, 그리고 리즈 베리가 저녁식사를 하러 우리 집에 찾아왔다. 이제 곧 여든를 바라보는 세 사람은 반세기를 알래스카에서 함께 지낸 오랜 벗이다. 또 리즈는 내가 연재하는 글의 삽화를 그린, 지금은 고인이 된 빌(윌리엄) 베리의 미망인이다.

알래스카에 좀 더 빨리 왔더라면 만날 수 있었을 텐데……하고 못내 아쉬워 안타까움을 느끼게 하는 사람들이 몇 명 있다. 빌 또한 그의 생전에 만나지 못한 사람이다. 1979년 내가 이 땅으로 이주한 해에 빌은 불의의 사고로 세상을 떠났다. 사람을 좋아하고 누구에게나 사랑받았던 빌은 다른 사람으로 착각해서 쏜 총에 맞아 죽는, 믿을 수 없는 결말로 인생을 마쳤다. 페어뱅크스에서, 아니 알래스카 전체에서 이토록 아쉬운 죽음은 없을지도 모른다. 그만큼 빌의 업적은 이미 수많은 알래스카 사람들의 마음에 닿아 있었다.

1926년 미국 캘리포니아에서 태어난 빌은 철이 들 무렵부터 뭔가를 그리기 시작했다. 세 살 때는 직접 그려서 오린 동물에 푹 빠져 지냈고, 다섯 살 때 첫 그림책이 완성됐다. 제목은 『민달팽이』. 그의 할머니에게 바친 책이라고 한다.

빌은 다음과 같이 어린 시절을 회상했다.

"나는 어렸을 때 본 동물에 대한 책을 모두 기억하고 있다. 야생동물의 세계는 내가 살아가고 싶은 곳이었다. 하지만 어린 마음에 처음으로 느낀 위화감은 그림책 속의 동물과 현실에 살고 있는 야생동물의 세계가 다르다는 점이었다. 나는 내 그림 속에서 그 차이를 없애려고 했다. 아이들이 내 그림을 통해 알게 된 동물들을 실제로 봤을 때 아, 역시 똑같아 하며 오랜 벗과 만난 듯한 친숙함을 느끼게 해주고 싶었다. 그런 이유로 나는 방대한 시간을 내가 그리는 야생동물들을 관찰하는 데 할애했다……또 그림 공부 대신에 동물이나 새, 식물에 대한 공부에 시간을 들였다……"

빌 베리는 화가라기보다 알래스카 자연을 각별히 사랑한 자연주의자였다. 그의 진면목은 완성된 한 장의 그림이 아니라 순식간에 스케치한 필드 노트 속에 있을지도 모른다.

극북 동물학의 고전『북지의 동물들*Animals of The North*』, 갓 태어난 새끼 무스의 1년을 그린 명작『디니키*Deneki:An Alaskan Moose*』. 나는 이 두 책 속의 삽화를 통해 빌 베리와 만났다. 그의 스케치에 계속 매료된 것은 유례가 드문 관찰력 속에서 알래스카 자연을 향한 그의 사랑이 절절히 전해졌기 때문이다.

알래스카대학교 고문서 자료실에 보관되어 있는 빌의 원화를 넘겨보며, 나는 스케치 하나하나에 그의 추억이 짧은 문장으로 기록되어 있다는 것을 깨달았다. 가을의 매킨리 산 기슭에서 회색곰 어미와 새끼를 관찰한 날, 늑대 무리와 만난 날…… 인기 없는 자료실에서 그의 추억을 읽으니 빌 베리가 먼 옛날의 이야기를 들려주는 듯했다. 왠지 눈에 들어온 아름다운 겨울 숲의 그림 옆에는 짧게 '셀리아의 집 앞에서'라고 적혀 있었다.

나는 빌의 스케치와 함께 이 글을 연재할 수 있다는 사실이 정말로 기뻤다. 리즈가 종종 "빌이 살아 있었다면 당신과 좋은 친구가 됐을 거예요"라고 말했기 때문이다. 생전에 만나지는 못했지만 지금 이 자리에서 알래스카의 자연에 대해 함께 대화를 나누는 것처럼 신기한 기분이 든다.

우리는 저녁을 먹으며 빌에 대한 이야기꽃을 피웠다.

"빌은 이야기를 엄청 잘하는 사람이었어요."

"스케치할 때 주위에 사람이 모이는 것을 매우 좋아했죠. 특히 아이들을 좋아했어요."

"머릿속에 이루고 싶은 꿈이 많아서 150살까지 예정이 꽉 차 있다고 말하곤 했답니다."

파킨슨병을 앓고 있는 리즈는 많이 늙었지만 빌과의 추억 이야기는 그녀를 먼 옛날로 돌아가게 하는 모양이었다. 유머가 풍부한 빌과 인생을 함께 보낸 사람답게, 계속해서 떨리는 오른손을 보여주며 "봄이 되어 정원에 씨를 뿌릴 때 편리해요"라며 위트를 잊지 않았다.

그러나 리즈를 보면 예기치 못한 사고로 누구보다 사랑하는 남편을 잃은 것이 지금도 그녀에게 큰 상처로 남은 기분이 드는 것을 어찌할 수 없었다.

"리즈, 빌과의 추억 중 가장 강렬하게 기억에 남아 있는 것은 뭔가요?"

그녀는 손꼽을 수 없을 정도로 많다고 하면서도 그중 한 가지 이야기를 즐거운 듯이 들려줬다.

"알래스카에서 살기 시작하고 2년이 지나자 우리는 북극권 에스키모의 생활을 보고 싶다는 생각에 사로잡혔어요. 그래서 1956년 봄에 포인트 호프 마을로 갔지요. 지금으로부터 40년 전, 그곳은 땅끝이나 다름없는 마을이었어요. 우리는 오지 비행에 대해 전혀 아는 게 없어서 파일럿이 남은 짐을 다음 날 가져오겠다고 말했을 때 그 말을 철석같이 믿었죠. 하지만 식량과 텐트가 도착한 것은 그로부터 3주가 지난 후였어요.

5월이었는데 에스키모들이 고래를 사냥하는 계절이었어요. 작은 우미악을 타고 고래를 쫓는 사람들의 생활은 대단했답니다. 지금도 강렬하게 기억하는데 5월 20일, 빌의 생일에 그해의 첫 고래가 잡혔어요.

빌은 날마다 사람들의 생활을 스케치하고 저는 알래스카대학교 동물학 교실에서 툰드라 쥐를 채집해달라는 작은 일을 의뢰받았죠. 그 일이 우리 부부와 에스키모들이 우정을 나누는 계기가 되었어요. 왜냐고요? 그들은 믿을 수 없었던 거예요. 아내가 죽은 쥐를 부지런히 모아오면 남편이 그걸 열심히 그렸어요. 어떤 미친놈도 그런 바보 같은 짓은 안 한다며 마을 사람들이 불쌍하다는 듯이 언제나 웃었죠. 어느 날, 에스키모 아이가 자신이 직접 잡은 레밍을 들고 10킬로미터나 달려서 우리에게 갖다 준 일이 있었어요······"

나는 나이가 들어 몸을 마음대로 움직일 수 없는 리즈를 바라보며 그녀가 보낸 젊은 날의 모험을 생각했다. 지금 그녀의 모습에서 그 옛 모습을 찾기란 어려웠지만 그것이 오히려 나를 감동시켰다. 그런 모든 추억이 딤긴 땅에 빌이 서 있었던 것이다.

리즈는 말했다.

"이 세상에 남아 있는 내가 할 일은 빌이 그린 그림을 될 수 있는 한 많은 사람들에게 보여주는 것이에요."

페어뱅크스의 도서관에는 '빌 베리 룸'이라는 이름의, 어린이를 위한 방이 있다. 그곳에는 그림책뿐만 아니라 수많은 공룡 모형이 장식되어 있고, 자연의 신비함을 알려주는 영화 상영회도 많이 열린다. 이 방 앞을 지나며 바닥에 앉아서 그림책을 열심히 보는 아이들을 볼 때마다 나는 문득 빌 베리의 존재를 느낀다. 그의 일생에 바치는 선물로 이보다 더 잘 어울리는 것은 없지 않을까?

리즈는 빌이 세상을 떠나고 10년 후에 출판된 그림 문집 『빌 베리 컬렉션』의 서문을 이렇게 매듭지었다.

"힘겨운 나날을 버티게 해준 가족과 친구들에게 고마움을 전하고 싶습니다. 특히 빌에게. 당신은 지금도 사람들에게 사랑받고 있으니 절대로 잊히지 않을 거예요."

어느 모자의 재생

최근 몇 년 동안 남동알래스카의 클링킷 인디언 세계를 여행했다. 그곳은 옛날 사람들이 토템폴 문화를 구축했을 무렵의 신화 같은 분위기가 지금도 남아 있는, 숲과 빙하로 뒤덮인 신비한 땅이다. 그리고 피오르 지형으로 둘러싸인 다도해에는 여름이 되면 혹등고래가 돌아온다.

나는 이곳에서 잊을 수 없는 클링킷족 모자를 만났다. 올해 여든인 에스터 셰이와 그녀의 아들 윌리. 특히 동년배인 윌리에게서는 한없이 많은 힘을 받았다.

마지막 빙하기에 물이 빠진 베링 해의 초원을 건너온 에스키모와 애서배스카 인디언과 달리, 빙하가 접근하는 해안선에 독자적인 문화를 구축한 클링킷족이 어디에서 왔는지는 베일에 싸여 있다. 다만 어떤 장로가 이런 이야기를 남겼다.

"아주 먼 옛날, 바다 저편에서 떠내려온 사람들이 프린스오브웨일스 섬 남서쪽에 자리한 달 섬에 다다랐다. 그들은 위슈산아데(매우 오래된 생물이라는 뜻인 듯하다)라고 불렸으며 지금의 타크웨이데 씨족의 먼 조상이라고 한다."

씨족clan이란 일종의 혈통과 같은 것으로, 사람들은 조상의 시초가 다양한 동물의 화신이라고 믿었고, 그 혈통의 동물에 따라 복잡한 클링킷 인디언 사회가 완성되었다. 그중에서도 늑대와 큰까마귀가 중심을 이루는데 타크웨이데는 클링킷 인디언의 늑대 씨족 중에서 가장 오래되고 중요한 혈통이라고 한다. 대부분의 장로들은 타크웨이데의 조상인 바다에서 온 이방인들이 이 해안선에 처음 정착했다고 믿었다. 해산물을 구하러 내륙에서 이동해 온 원래의 인디언보다 그들이 이 땅에 먼저 도착했다는 말이다. 이 이방인들이 아시아에서 표류해 온 것이 아닐까 하는 전설도 있다. 하지만 수천 년 전의 이야기다. 그런데 에스터 셰이가 그 타크웨이데 씨족의 혈통이었다.

나는 클링킷족 사회에서 가장 존경받는 장로 중 한 명인 에스터를 전부터 만나고 싶었다. 사라지려는 이야기를 직접 내 귀로 듣고 싶었다. 그런데 에스터를 만났을 때 나의 인상에 가장 강렬하게 남은 것은 시대라는 소용돌이에 휩쓸리며 살아온 그녀의 인생 이야기였다.

"할머니가 해준 말씀을 지금도 똑똑히 기억해. 아무리 시대가 바뀌더라도, 네가 아무리 얼굴을 박박 닦는다 해도 클링킷 인디언의 피는 사라지지 않는다고 하셨지."

1900년대 초부터 반세기 동안 이어진 알래스카 선주민에 대한 동화 정책의 목적은 에스키모와 인디언을 미국인으로 키우는 것이었다. 샤머니즘은 부정당했고, 아이들은 마을에서 멀리 떨어진 기숙학교로 보내졌다. 그곳에서는 자기 민족의 언어를 사용하면 체벌이 가해졌다. 이 시대에 알래스카 선주민의 언어는 사라졌다. 역사로는 그 사실을 알고 있었지만 그 시대가 사람들의 마음에 얼마나 깊은 상처를 줬는지 나는 에스터를 만나기 전까지는 전혀 이해하지 못하고 있었다.

"시대가 바뀌고 어느 날 마을 학교에서 클링킷어를 가르쳐달라고 부탁하더군. 아이들 앞에 섰을 때 나는 너무나도 두려웠어. 클링킷어를 마음속에 가둬두고 자물쇠를 꽁꽁 채운 지 40년이 지나 있었으니까. 과연 내 입에서 클링킷어가 나올까 싶었지."

에스터는 언어뿐 아니라 클링킷족의 오랜 관습을 지켜나가고 있는 몇 안 되는 장로 중 한 명이다. 그러나 그녀는 격동의 시대를 지나, 제 자신을 잃을 뻔하며 몹시 괴로워한 끝에 간신히 고향으로 돌아와 있는 것이다. 현재 에스터는 남은 인생을 걸고 클링킷족 아이들에게 뭔가를 부탁하려 하고 있다. 그녀가 사람들에게 존경받는 이유는 따뜻한 인간성이나 오랜 관습을 알기 때문만은 아니다. 클링킷족 사람들은 긴 여행을 떠났다가 마침내 확실히 제자리로 돌아온 그녀의 인생을, 하나의 길잡이로서, 자신들의 인생에 겹쳐 동일시하는 것일지도 모른다.

에스터의 아들 윌리에게는 처음 만난 순간부터 영적인 무언가를 강렬하게 느꼈다. 바람처럼 자유롭고 쾌활한 이였는데 그의 아름다운 시선은 언제나 상대방의 마음속 깊은 곳을 부드럽게 들여다보았다. 그 아름다움은 어떤 깊은 어둠을 견뎌온 눈빛이기도 하다. 윌리는 베트남 참전용사였다.

"아들은 내 생명의 은인이야."

예전에 그가 이런 말을 한 적이 있다.

수많은 흑인들이 더 위험한 전선으로 보내졌듯이 에스키모나 인디언 청년들도 똑같은 운명을 겪었다. 베트남 전쟁에서 미군 58,132명이 목숨을 잃었는데 전쟁이 끝난 후 살아 돌아온 귀환병 중 그 세 배에 달하는 약 15만 명이 자살했다는 사실은 그다지 알려지지 않았다. 윌리도 정신이 허물어져 목을 매 자살하려고 했다. 그때, 고작 일곱 살이던 아들이 그의 몸을 밑에서 필사적으로 떠받쳤다고 한다.

예전에 워싱턴 D.C. 교외의 숲속에 있는 '월Wall'이라고 불리는 베트남 참전용사 위령비를 찾아간 적이 있다. 100미터 넘게 이어지는 아름다운 석벽에 전사자들의 이름이 새겨져 있었다. 해가 지자 주위는 귀뚜라미들의 울음소리로 둘러싸여 죽은 자의 영혼을 치유하는 청렬한 분위기가 감돌았다. 나는 그때, 정신이 아득해질 정도로 이어지는 죽은 자들의 이름 중에 얼마나 많은 알래스카 에스키모와 인디언 청년들이 포함되어 있는지 상상조차 하지 못했다.

윌리는 기나긴 마음의 여행을 거쳐, 이제 클링킷 인디언의 피를 되찾으려 하고 했다. 그래서 지금도 마음의 병을 앓고 있는, 베트남 전쟁에 참전했던 인디언 동포들을 찾아가 그들의 아픔에 귀를 기울이고 있다. 교도소에 있는 인디언 청년들을 찾아가 갱생의 길도 함께 걷는다. 그것은 전쟁 후 엉망이 된 그가 걸어간 길이기도 했다. 그리고 윌리가 훌륭한 것은 이러한 행위가 자연스럽게, 저절로 우러나온 행위라는 점이었다.

이른 봄 어느 날 나는 윌리와 함께 남동알래스카의 바다로 고기잡이를 나갔다. 넙치 철이 시작되려는 참이었다. 옛날 클링킷족이 큰 나무 속을 파서 만든 카누를 타고 이 극북의 바다에서 살았듯이 윌리도 이 바닷바람을 맞으며 자라온 어부였다.

그날 우리는 엄청난 넙치 떼를 만난 덕분에 생각지도 못한 풍어를 맞았다. 저녁 무렵에는 마을로 돌아갈 생각이었는데 자정이 넘어도 생선 손질이 끝나지 않았다. 오랜만에 날씨가 좋아서 하늘을 뒤덮듯이 수많은 별들이 반짝였다.

"너무 아름다워……"

윌리가 손질을 잠시 멈추고 밤하늘을 올려다보며 문득 중얼거렸다. 똑같은 별 하늘을 바라보고 있었지만 그는 마치 내가 모르는 세계에 있는 것만 같았다.

그날, 고기잡이에 나서기 전, 윌리는 작은 어선 위에서 으깬 약초를 바다 위에 살며시 뿌리며 이 바다에서 살았던 선조들의 영혼에게 기도를 올렸다.

"모든 것은 어딘가에 이어져 있어……"

언제나 농담만 하는 윌리의 눈빛이 깊어졌다. 사람이 기도하는 모습에 그런 감동을 받은 적이 있었던가.

남동알래스카의 태고의 숲, 유구한 시간을 아로새기는 빙하의 흐름, 여름이 되면 이 바다로 돌아오는 고래들…… 알래스카의 아름다운 자연은 다양한 사람들의 이야기가 있기에 더욱 깊은 빛을 감추고 있다.

어머니 에스터도, 아들 윌리도 시대를 넘어 똑같은 여행을 하고 있다는 생각이 들었다. 분명 사람은, 언제나 각자의 빛을 찾아다니는 긴 여행의 도중일 것이다.

첫 아프리카

오랜만에 집에 돌아오니 오스트리아 잘츠부르크에서 팩스가 와 있었다.

"잘 지내나요? 아프리카 여행은 즐거웠죠? 지금 미카엘과 함께 있어요. 알래스카에는 내년에 갈까 생각하고 있어요."

아프리카 탄자니아에서 30년 넘게 침팬지를 연구해오고 있는 여성 동물학자 제인 구달이 보낸 편지였다. 잘츠부르크에 사는 미카엘이라는 친구를 통한 인연으로 작년 2월 우리는 함께 아프리카를 여행했다. 그녀가 인생의 대부분을 보낸 탕가니카 호반의 곰베 숲을 찾아가기 위해서였다. 고작 2주의 여정이었지만 제인과 보낸 시간은 소중한 추억이 되었다.

사람이 여행을 떠나 새로운 땅의 풍경을 자신의 것으로 만드는 데는 결국, 누군가의 개입이 필요한 것이 아닐까? 아무리 많은 나라를 간다 해도, 지구를 몇 바퀴 돈다 해도, 그것만으로는 넓은 세계를 느낄 수 없다. 누군가와 만나고 그 사람이 좋아졌을 때에야 비로소 풍경은 넓어지며 깊이를 갖게 된다. 침팬지 연구에 평생을 바친 제인 구달을 통해서 나는 처음으로 아프리카의 일면을 엿볼 수 있었다.

1934년 런던에서 태어난 제인은 달걀 때문에 골치가 아팠던 소녀였다. 그녀의 자서전『제인 구달 : 침팬지와 함께한 나의 인생』에서 도대체 암탉의 어디에서 알이 나오는 것인지 관찰하는 장면은 꽤 감동적이다. 스물세 살 때 아프리카로 간 제인은 올두바이 협곡에서 인간의 기원을 찾아 발굴하고 있던 인류학자 루이스 리키와 만난다. 유명한 원인猿人의 두골(진잔트로푸스)을 발견해낸 루이스 리키와의 만남을, 그녀는 이렇게 회상한다.

"운명이 내 여로를 루이스 리키에게 향하게 했고, 다음에는 그가 내 진로를 탄자니아로 향하게 해주었다. 나는 아프리카에서 가장 안정되고 평화로우며 자연보호의 중요성을 깨달은 이 나라의 지원을 받은 덕분에 끊임없이 생겨나는 수많은 궁금증을 향해 나아갈 수 있었다."

루이스는 제인에게 탕가니카 호 근처에 사는 야생 침팬지에 대해 얘기하며 그들의 생활을 아는 것이 우리 인간을 알 수 있는 계기가 될 것이라고 설명했다. 루이스가 쏜 화살이 그녀의 마음에 꽂힌 것이다.

침팬지가 사는 숲에 들어간 제인에겐 당시 연구자로서 필요한 생물학 학위조차 없었다. 대신 암탉의 알 문제로 골치를 썩던 시절부터 변함없이 이어진, 자연을 소중히 생각하는 마음이 있었다. 30여 년에 걸친 그녀의 업적은 전 세계 사람들, 특히 아이들의 마음을 사로잡았다. 무엇보다 침팬지가 나뭇가지를 능숙하게 사용해서 흰개미를 잡아먹는다는 발견은, 도구를 사용하는 동물이라는 '인간'의 정의를 바꿔놓았다. 그 후 제인은 영국 케임브리지대학교에서 동물행동학 박사 학위를 받았지만 지금도 그녀의 마음속에는 아마추어 정신이 강하게 살아 있다.

짧은 여행이기는 했지만 그리운 추억은 헤아릴 수 없다. 아프리카의 바람을 느끼며 바다 같은 탕가니카 호를 보트로 건너던 날에 보았던, 자연과 함께 살아가는 사람들의 생활, 곰베 숲에서 가장 큰 침팬지의 습격을 받은 아침…… 그 추억 속에 언제나 제인이 있었다.

저녁이 되면 식사를 하며 이런저런 이야기를 나눴다. 알래스카에서 촬영한 카리부의 계절이동이나 곰 이야기를 하며 나는 어쩐지 아주 멀리 떨어진 세계에 와 있는 듯한 기분이 들었다. 옛이야기를 들려준 제인의 조용한 말투는 벌레들만 작게 울어대는 아프리카의 고요한 밤에 근사하게 어울렸다. 호수 근처에 있는 검소한 연구소는 전기가 들어오지 않는 탓에 우리는 어둠 속에서 서로의 얼굴도 보이지 않는 채로 대화를 나눴다. 벽에 비친 우리의 그림자만이 등불에 흔들렸다.

곰베 숲에서 맞이한 첫 아침은 특히 인상적이었다. 그날의 일기를 이렇게 썼다.

2월 18일, 날씨 맑음

아직 해가 뜨기 전인데도 티셔츠가 땀으로 흠뻑 젖었다. 울창한 숲속을 숨죽이며 올라온 탓도 있지만 아무리 그래도 지독한 습기였다. 문득 알래스카의 싸늘하고 건조한 바람이 그립다.

산의 고도가 점점 높아지자 어느 순간 나무숲 사이로 바다 같은 탕가니카 호가 내려다보였다. 아득히 먼 호수 건너편의 흐릿한 산 그림자는 자이르가 분명하다. 나는 마음속으로 '아프리카다! 아프리카야!'라고 외치고 있었다.

몸에 달라붙는 담쟁이덩굴을 참을성 있게 떼어가며 사람의 발길을 막는 빽빽한 밀림지대를 빠져나갔다. 목적지까지 얼마 남지 않았다. 해가 뜨기 전에 그곳에 도착해야 한다.

갑자기 머리 위에서 잔가지 부러지는 소리가 들렸다. 올려다보니 이지러지기 시작한 보름달이 희뿌옇게 밝아오는 하늘 위에 떠 있었고, 온 하늘을 뒤덮을 듯이 뻗은 거목의 실루엣 사이로 수많은 검은색 덩어리가 천천히 움직이고 있었다. 침팬지 무리가 어젯밤 잠을 청했다는 장소에 드디어 당도했던 것이다.

나는 작은 배낭을 멘 채 아침 이슬에 젖은 깊은 풀 속에 그대로 앉았다. 풀숲에서 풍기는 열기일까? 흙냄새일까? 낯선 땅의 향기를 음미하며 숨을 들이마셨다. 작은 메뚜기가 눈앞의 풀잎에 앉아 꼼짝 않고 있었다. 그 순간, 새로운 땅에 왔다는 것을 느낄 수 있었다. 사자나 코끼리를 보는 것보다도 특별할 것 없는 익숙한 풍경 속에서, 지금 나는 아프리카에 있구나 하고 실감했다.

자이르의 하늘이 빨갛게 물들었다. 돌연, 나뭇잎 스치는 소리와 함께 나무 위의 침상에서 눈을 뜬 숲의 이웃들이 그림자 놀이라도 하는 것처럼 나뭇가지를 타고 땅으로 내려왔다.

갑자기 풀숲에서 뭔가가 튀어나와 작게 소리를 지르며 어깨를 스치듯이 빠져나갔다. 그리고 눈 돌릴 새도 없이 계속해서 검고 큰 덩어리들이 내 옆을 지나갔다. 마침내 모습이 완전히 보이지 않게 되자 어느덧 숲속엔 침팬지 소리가 넘쳐흘렀고, 나는 처음 맞는 아프리카의 아침 노래에 귀를 기울였다.

아프리카 여행 마지막 날 저녁, 우리는 이 여행의 추억과 아프리카의 미래 등에 대해 밤새도록 이야기를 나눴다. 제인은 언젠가 알래스카에 오고 싶다고 했다. 그러고는 〈뿌리와 새싹 Roots and Shoots〉에 대한 이야기를 조금 들려줬다.

〈뿌리와 새싹〉은 아이들, 그리고 젊은 세대를 위한 활동으로, 자연을 이해하고 미래의 인간과 자연의 공생에 대한 올바른 길의 모색을 촉구하며, 현재 세계 30개국이 넘는 나라에서 전개 중이다. 그녀가 이 활동을 통해 전하고 싶은 메시지는 이것이야말로 우리 개개인이 평생에 걸쳐 완수해야 하는 일이며, 이 역할 완수를 위해 노력하면 세상을 조금씩 나은 방향으로 변화시킬 수 있으리라는 바람일 것이다. 마치 남은 인생을 이것에 걸고 있는 듯한 제인 구달의 마음……

문득, 지금은 세상을 떠난 작곡가 다케미쓰 도루의 말이 생각났다. 내가 매우 좋아하는 말이었다.

"이 세상은 이미 어떻게 할 수 없지만, 그래도 역시 긍정하고 싶은 마음이 생겨나고 만다. 체념과 희망이 공존하고, 밝음과 슬픔이 한데 섞인 채, 나는 내일을 생각한다."

제인이 갑자기 손을 내밀어 나와 미카엘의 손을 잡았다. 나는 말로 할 수 없는 약속을 한 듯한 기분이 들었다. 그렇게 우리의 아프리카 여행은 끝이 났다.

우리의 영웅

언젠가 숀에 대한 글을 쓰겠다고 생각했지만 여태 쓰지 못했다. 아무리 해도 그에 대해 잘 전달할 수 없을 것만 같았다. 어느 날 친구들과 이런 얘기도 나눴다.

"숀에 대해서 확실하게 설명하기란 쉽지 않지."

"맞아, 그는 직접 만나봐야 해."

"하지만 좀처럼 만날 수 없는 사람이잖아."

"어린애처럼 꿈을 좇으며 살아가는 녀석…… 이라고 하기엔 뭔가 부족하고……"

나는 잠시 생각다 못해서 이렇게 말했다.

"숀과 만날 때면 아, 나는 시방 알래스카에 있구나 하는 기분이 들어."

숀은 올해로 마흔 살이다. 그런데 몸집이 작은 탓도 있지만 무엇보다 장난꾸러기처럼 반짝이는 눈빛 때문에 기껏해야 이십 대로 보인다. 숀은 언제나 커다란 것을 동경했다. 아, 작년에 완성한 그의 집에 대해 먼저 이야기하겠다.

숀은 혼자 힘으로 약 7년에 걸쳐서 페어뱅크스 교외의 숲속에 거대한 탑 같은 통나무집을 지었다. 7년 전 숀이 뭔가를 하기 시작했다는 말을 듣고 갔을 때 본 계단만큼은 지금도 기억하고 있다. 조립해놓은 뼈대의 바깥쪽 중심에서 시작되는 그 계단은 나선 모양을 그리며 하늘로 뻗어나가려는 듯했다. 하지만 정신이 아득해질 정도로 장대한 프로젝트였기에 나는 숀이 그리는 꿈의 집이란 어떤 모습인지 상상할 수 없었다. 숀의 집은 마치 『잭과 콩나무』에 나오는 나무처럼 매년 하늘로 뻗어나가, 지금은 숲을 내려다보듯이 우뚝 솟은 숀의 집을 멀리에서도 바라볼 수 있다.

숀의 연로하신 부모님도 여름이 되면 캘리포니아에서 찾아와 아들의 꿈을 도왔다. 어머니 플로라리는 바닥재가 될 만한 폐자재를 모아와 여름내 녹슨 못을 일일이 뽑았다고 한다. 그녀를 처음 만났을 때 역시 숀은 이런 어머니 밑에서 자랐구나 하고 조금 이해가 됐다. 그녀는 아무것도 갖고 있지 않았고 물질적인 것에 집착하지 않았다. 삶에 대한 가치관이 완전히 다르다는 느낌을 받았다. 밀짚모자를 머리에 살짝 걸치고 이보다 더 찌그러질 수 없다는 생각이 들 만큼 낡은 자동차를 운전하는, 소박하고 사랑스러운 플로라리. 나는 그녀가 아들 숀을 바라보는 눈빛이 좋았다. 멋진 삶을 살고 있구나. 잘됐다 싶었다.

언젠가 그녀가 잊을 수 없는 이야기를 들려주었다.

"그 시절 캘리포니아에 월든 스쿨이라는 사립학교가 있었어요. 헨리 데이비드 소로가 『월든』을 썼을 당시 생활하던 오두막 근처 연못에서 딴 이름이죠. 기존의 틀에 박힌 학교 교육이 아니라 좀 더 아이의 사유를 존중하자는 취지로 시작된 학교였어요. 하지만 그런 학교에서도 등수가 생겨서 숀은 뭘 해도 꼴찌였답니다. 선생님이 병원에 데려가보라고 했을 정도로 멍하니 있을 때가 많아서 다른 학생들과 확연히 비교됐죠. 하지만 난 숀이 언제나 뭔가를 생각하고 있다는 기분이 들었어요.

어느 날 숀에게 알래스카에서 편지 한 통이 왔어요. 들판에서 생활하며 가족 외의 사람은 만나본 적이 없는 소년이 보낸 것이었죠. 편지는 자기소개와 자신이 사는 곳으로 놀러 오라는 내용이었는데 사연은 이러했어요.

알래스카 북극권의 브룩스 산맥에 한 가족이 살았어요. 당시 알래스카는 땅끝처럼 멀었고 그 가족은 사람이 사는 마을에서 몇백 킬로미터나 떨어진 산속 호숫가에 살아서 사냥만이 유일한 생활수단이었죠. 호수의 이름은 와일드 레이크. 가족에게는 열 살을 앞둔 아들이 있었는데 부모는 가족 외의 사람을 본 적이 없는 아이에게 또래 친구가 필요하다고 느낀 거예요.

어느 날 그 부모는 여러 사람들의 인연을 통해 숀이 다니는 캘리포니아의 학교 교장에게 편지를 보내왔어요. 알래스카에 와서 아들의 친구가 되어줄 만한 아이가 없느냐고…… 교장은 딱 한 명 있다고 답장하며 숀을 소개했어요.

그 후 소년에게 편지를 받은 숀은 매년 여름이 오면 그곳을 찾아갔어요. 그 소년이 열여섯 살 때 호수에 빠져 죽기 전까지…… 그곳에서 1년을 보낸 적도 있었답니다."

나는 그때 비로소 숀이 알래스카와 처음 인연을 맺게 된 배경을 알 수 있었다. 그가 와일드 레이크에 작은 통나무집을 두

고 있고 매년 가을이 되면 그곳으로 돌아가 무스 사냥을 한다
는 사실도 그제야 알았다. 그 호수는 아내 수지를 만난 장소이
기도 했다. 성인이 되어 다시 와일드 레이크로 돌아갔을 때 수
지가 그곳에서 혼자 들판 생활을 하고 있었다. 그때 숀은 그녀
가 6개월 만에 본 사람이었다고 한다. 그녀가 왜 그런 생활을
했는지에 관해서는 들은 적이 없다. 어린애 같은 숀과 아름답고
신비로운 수지의 조합이 어딘가 신기했다.

숀의 또 다른 일면은 그가 알래스카의 자연을 보호하려는 페
어뱅크스 청년들의 리더라는 점이다. 청년들은 자연보호운동과
는 어딘가 다른 숀만의 메시지 전달 방법에 마음이 끌렸을 것
이다. 1970년대 말 미국의 경제 정책으로 알래스카가 개발과 자
연보호를 놓고 크게 요동치던 시절, 숀은 자연보호를 외치며 알
래스카에서 플로리다까지 300여 일을 쉬지 않고 달렸다.

그러고 보니 친구들과 숀에 대해 이야기했을 때 이런 화제도
나왔다.

"숀은 알파벳을 모르잖아."

"그게 아니라 알파벳은 읽을 줄 아는데 철자가 엉망진창인 거야. 이를테면 테이블을 taible이라고 쓴다고. 아무튼 학교에서 하나도 배우지 못한 모양이니까."

그런 숀이 지금 수지에게 철자를 배우며 마음속으로 그려온 늑대에 대한 장편소설을 쓰고 있다. 나는 언젠가 그 소설을 읽어보고 싶다.

작년 9월에 완성한 집에서 숀의 생일 파티가 열렸을 때 나는 정말로 깜짝 놀랐다. 남녀노소, 어린아이를 포함해서 200명에 가까운 사람들이 모였다. 누군가 양초 40개를 꽂은 케이크를 들고 왔을 때 한 청년이 일어나 축하 인사를 했다. 그는 어린 시절 자신이 동경한 영웅 이야기를 한 후 마지막으로 말했다.

"그런데 바로 그 영웅이 지금 우리 옆에 있습니다."

사람들에게 숀의 존재가 얼마나 큰지 새삼 느낄 수 있었다. 그 청년이 사용한 '영웅'이라는 단어가 숀에게 무척 잘 어울린다는 생각도 했다. 그를 아는 사람들만이 아는 영웅…… 숀의 존재는 언제나 우리에게 사회의 척도에서 가장 멀리 떨어진 곳에 있는 인생의 성패를 살며시 알려줬다.

　여기까지 쓰고 보니 아무래도 숀에 대해 잘 쓸 수 없을 깃 같은 기분이 든다. 언젠가 알래스카 페어뱅크스에 오게 된다면 꼭 숀의 집에서 묵기 바란다. 주위에서 이렇게 큰 집을 지어서 도대체 어쩔 생각이냐고 걱정하기도 했지만 그 문제는 숀과 수지가 B&B를 운영하면서 해결되었다. 민박집 운영은 그들의 꿈이었다. 민박집 이름은 클라우드베리 B&B. 이곳은 페어뱅크스 청년들이 모이는 중요한 장소가 되었다.
　이토록 멋진 B&B는 좀처럼 보기 드물다. 방마다 수지가 어렸을 때 할머니가 수집한 앤티크 가구로 꾸며놓았다. 하지만 이 민박집의 보물은 말할 것도 없이 숀과 수지다. 이곳에서 묵는다면 이 젊은 부부가 지금 알래스카에서 일어나고 있는 일에 대해 소상히 들려줄 것이다.

혹등고래를 쫓아서

여름이 되고 남동알래스카의 바다에서 혹등고래를 쫓았다.

물가까지 뻗어 있는 원시림, 그 뒤로 우뚝 솟은 빙하를 품은 산들, 그리고 수많은 섬들이 흩어져 있는 아름다운 피오르⋯⋯ 이 땅을 처음 여행하는 사람은 알래스카에 대한 이미지가 완전히 바뀔 것이다.

지구의 시간으로 보면 이곳은 아직 신생의 대지다. 마지막 빙하기, 홍적세가 끝나는 1만 년 전까지 남동알래스카는 두꺼운 얼음으로 뒤덮여 있었다. 그러다 마침내 빙하가 서서히 후퇴하며 무기질의 땅이 드러났고 순식간에 원시 지의류가 처음으로 뿌리를 내렸다. 정신이 아득해질 정도의 식물 천이가 시작된 것이다. 그리고 다양한 식물의 시대를 거쳐 지금 남동알래스카는 가문비나무와 솔송나무가 어우러진 숲의 시대에 들어섰다.

울창한 숲에 발을 들여놓으면 낮인데도 주위가 해질녘처럼 어두워진다. 이끼로 빽빽이 뒤덮인 이 녹음의 세계에 있으면 먼 옛날 이곳이 빙하였다는 사실이 믿기지 않는다. 곳곳에 보이는 유령 같은 나무들은 예전에 이 숲을 형성하던 오리나무가 썩은 것들이다. 숲은 쉼 없이 활동을 이어가고 있다.

바다는 어떨까? 빙하기가 끝나고 얼음으로 비축해놓은 지구의 수분이 다시 바닷물로 돌아가기 시작해, 바다는 서서히 육지로 밀려오고 있다. 이것은 결코 옛날의 일이 아니다. 빙하는 지금도 후퇴하고 있으며 우리는 지금 해수면이 상승하는 시대에 살고 있다. 고요한 해질녘, 일찍이 빙하 계곡이었던 넓은 피오르 바다 위에 보트를 띄우고 주위를 둘러싼 고래의 숨소리에 귀를 기울이면, 지구는 징말로 물의 성역이라는 생각이 든다.

나는 친구 린 스쿨러와 함께 8월의 남동알래스카 바다를 여행했다. 예전에 어부였던 린은 이 바다에 정통해서 네 번의 여름에 걸쳐 고래를 쫓는 여행에 동참해줬다.
"올해도 그 고래를 만날 수 있을까?"
"여태껏 매년 봤잖아. 그놈은 반드시 돌아올 거야."

하와이의 바다에서 겨울을 보내는 혹등고래는 여름이 되면 4,000킬로미터를 이동해 먹이가 풍부한 알래스카 바다를 찾아온다. 따뜻한 하와이의 바다는 출산과 포육에는 적합하지만 혹등고래에게는 먹잇감이 없는 불모의 바다다. 그와 비교해서 플랑크톤으로 가득한 알래스카의 여름 바다. 이곳에서 보내는 몇 개월은 혹등고래에게 중요한 먹이 활동 계절이다.

"빅마마, 몇 살 정도 됐을까? 몸집을 봐선 꽤 늙었을 텐데."

"고래는 인간과 수명이 비슷하잖아. 아직 더 살 거야."

고래는 긴 잠수에 들어가기 직전 꼬리지느러미를 수직으로 쳐들어서 그 모양을 뚜렷하게 보여준다. 그것이 고래를 개체 식별할 수 있는 유일한 수단이다. 모든 고래에게 고유의 모양과 무늬가 있기 때문이다. 날카로운 톱니 모양과 선명한 흰무늬의 꼬리지느러미가 있는 거대한 고래. 빅마마는 여름에 찾아오는 1,000마리에 달하는 혹등고래 중에서 우리가 개체 식별할 수 있는 유일한 고래였다. 생각해보면 이 한없이 넓은 바다에서 매년 어떤 고래 한 마리와 계속 만난다는 것은 신기한 일이었다.

빅마마와의 첫 만남은 지금으로부터 5년 전으로 거슬러 올라간다. 그 여행을('그 고래를'이 낫겠다) 생각하면 언제나 한 육십 대의 여성이 떠오른다.

나는 그해 여름 고래 조사선을 타고 이 바다를 여행하고 있었다. 배에는 연구자뿐 아니라 스무 명에 달하는 일반 관광객도 탈 수 있었다. 우리는 작은 배에서 공동생활을 해야 했는데 얼마 지나지 않아 모두 친해졌다. 승선자 중 육십 대가 많았기 때문이다. 일찍이 남편을 잃은 자매는 50년 만에 함께 여행을 왔다고 했다. 남동알래스카의 자연 속에서 모두가 순간의 만남을 아끼는 것처럼 보였기 때문에 굳이 지나온 인생에 대해서는 물어보지 않았다.

일흔을 바라보는 낸시는 혼자 온 조용하고 아름다운 여성이었다. 말수가 적어서 언제나 살짝 떨어져 있었는데 모두가 고상함과 친절함이 배어나오는 낸시를 좋아했다. 누군가에게 그녀가 몇 개월 전 남편을 잃었다는 얘기를 들었다. 캘리포니아에서 이 멀리 알래스카의 여름 바다로 고래를 보러 온 것이었다.

여행중 낸시는 누구보다도 가만히 자연을 바라보고 있었다. 범고래 떼가 배를 추월해서 수평선 너머로 사라졌을 때, 흰머리수리가 공중에서 급강하해 물고기를 낚아챘을 때, 근사한 저녁해가 떨어질 때…… 그녀는 언제나 자신의 작은 노트에 뭔가를 적었다.

그러던 어느 날 빅마마를 만났다. 수평선 위로 떠오르는 몇 줄기의 하얀 입김을 발견한 우리는 배의 속도를 올려 조심스럽게 다가갔다. 그곳엔 일고여덟 마리 정도 되는 혹등고래 무리가 있었다. 버블넷 피딩bubble-net feeding이라고 불리는 굉장한 먹이 활동을 본 것은 그때가 처음이었다. 바다 표면에 지름 15미터 정도 되는 큰 거품 원이 나타나는가 싶더니 그 속에서 혹등고래 무리가 거대한 입을 벌리며 로켓처럼 공중으로 솟구쳤다. 믿기 힘든 광경에 모두가 할 말을 잃었다.

청어 떼를 발견한 혹등고래는 그 아래를 빙글빙글 선회하며 거품을 만든다. 거품은 바닷속에서 원기둥을 이루고 그 속에 갇힌 청어 떼는 오로지 위를 향해 도망친다. 그곳으로 고래 무리가 입을 벌리고 단숨에 솟구쳐 오르는 것이다. 그런데 그 전에 바닷속에서 의미를 알 수 없는 희미한 고래의 노랫소리가 들려왔다. 신기한 음색이었다. 몇 번씩 그 행동을 반복하더니 중심에서 한 마리의 거대한 고래가 솟구쳐 나왔다. 그 고래가 노래를 부르며 다른 고래들을 이끄는 것처럼 느껴졌다. 그 후 다양한 장소에서 버블넷 피딩을 봤지만 이 녀석만큼 높고 힘차게 솟구쳐 올라오는 고래는 만난 적이 없었다. 그 고래가 바로 한 연구자가 이름 붙인 빅마마였다. 우리는 그날 빅마마 무리와 함께 여행했다.

고래는 압도적인 동물이었다. 작은 개미가 살아가는 모습에 시선을 빼앗기듯이 우리는 거대한 고래에게 감동했다. 하지만 그것은 생명이 지닌 신비함이라기보다 고래 한 마리의 일생을 초월한 한없는 시간의 흐름이 마음에 와 닿았기 때문이라는 생각이 든다. 고래는 인간을 포함한 생물의 진화, 지구, 우주로 이어지는 존재였다.

해질녘이 가까워져도 빅마마를 중심으로 한 고래 무리는 물을 뿜으며 배 가까이에서 헤엄쳤다. 사람들은 온종일 본 고래가 지겨워졌는지 각자의 방으로 돌아갔다. 8월이라고는 해도 해가 질 무렵의 알래스카 바다는 쌀쌀했다. 낸시는 혼자서 거실 창문에 얼굴을 대고 해질녘의 바다를 힘차게 나아가는 고래를 바라보고 있었다. 방 안의 따뜻한 온기에 흐려진 유리창은 그녀의 얼굴 주위로만 녹아 있었다. 나는 왠지 낸시에게 말을 걸 수 없었다. 긴장된 시간만이 흘러갔다. 이윽고 문이 열리고 재잘거리며 저녁식사 준비를 알리러 온 젊은 사람들의 빛에, 그 긴장감은 사라졌다.

올여름 린과 함께한 남동알래스카 바다는 멋졌다. 큰 범고래 떼를 여러 번 만났는데, 그때마다 우리는 방향을 바꿔가며 그들과 함께 여행했다. 수많은 혹등고래도 발견해서 그 신기한 먹이 활동도 볼 수 있었다. 하지만 빅마마를 볼 수는 없었다. 서운했지만 솔직히 안심하기도 했다. 빅마마가 지금도 살아 있다면 그만큼 바다가 넓다는 뜻이니까. 똑같은 고래를 계속 만나는 것도 신기하지만 때로는 바다가 광활하다는 것을 느끼고 싶었다.

여행의 마지막이 가까워진 어느 날, 우리는 밤바다에 카약을 띄우고 노를 저었다. 근처에 혹등고래 몇 마리가 있었다. 서울처럼 잔잔한 바다에 고래가 물을 내뿜는 소리만 들렸다. 노를 물속에 넣을 때마다 바다는 푸르스름한 야광충의 빛으로 반짝였다. 깜짝 놀란 물고기가 그 신기한 빛에 휩싸여 어두운 바닷속으로 사라졌다. 그 빛도 바다가 풍요롭다는 사실을 말해주고 있었다. 우리는 무언가 꿈꾸는 기분이 되어 계속해서 노를 저었다.

카리부 펜스

함께 있으면 '아, 나는 지금 알래스카에 살고 있구나' 하고 절
실히 느끼게 해주는 사람이 있다.

촬영차 다녀온 긴 여행을 끝내고 오랜만에 페어뱅크스의 집
으로 돌아오자 이튿날 아침 일찍부터 어김없이 애서배스카 인
디언인 월터에게 전화가 왔다. "미치오, 잘 다녀왔어?" 나는 졸
린 눈을 비비며 또 월터구나 하고 쓴웃음을 지었다. 내가 여행
에서 돌아올 때마다 어떻게 알고 연락하는 것인지 오랫동안 궁
금했는데 최근에 그 이유를 알았다. 별것 아니었다. 내가 돌아
오겠다 싶으면 열흘 전부터 날마다 전화를 하는 것이다.

쉰다섯 살인 월터 뉴먼은 천진난만하고 비할 데 없이 좋은
사람이다. 실제로 그것 외에 이 남자를 설명할 방법을 모르겠
다. 나와 월터 사이에는 둘만이 통하는 뜻 모를 농담이 있었다.
언제였는지 내가 이런 말을 한 것이 계기였다.

"월터, 학교를 졸업하면 학위라는 것을 받을 수 있잖아요. 월
터는 정말로 좋은 사람이니까 언젠가 내가 '좋은 사람' 학위를
줄게요."

월터는 이 말에 정말로 포복절도했고 이 이야기는 그 후 우리의 대화에 빠질 수 없는 농담이 되었다.

"미치오, 언제 그 학위를 받을 수 있나?"

"조금만 기다려봐요, 월터. 얼마 안 남았어요."

다른 사람이 들으면 도통 무슨 말인지 알 수 없는 농담이었다. 하지만 나는 인간에게 타고난 품성이란 것이 있다면 월터가 최고의 품성을 지닌 사람이라는 것을 알고 있었다.

알래스카 선주민들은 크게 해안부와 내륙부에 분포해 사는데, 해안부에는 에스키모가, 내륙부에는 애서배스카 인디언이 살고 있다. 월터에게 사실은 에스키모의 피가 흐르고 있음을 안 것은 그의 입에서 프랭크 안도라는 이름이 나왔을 때였다. 1907년 한 일본인이 굶주림에 허덕이는 에스키모 마을 사람들을 이끌고 2년에 걸쳐 북극권의 벌판을 넘어, 인디언 세계인 현재의 비버 마을에 도착했다는 장대한 이야기. 그 시절 월터의 아버지는 아직 어린 아이였다. 월터는 마치 전설을 전하는 사람처럼 연로한 아버지가 들려준 그 이야기를 외우고 있었다.

비버 마을에서 태어난 월터는 결혼하고 브룩스 산맥의 아크틱 빌리지로 이주했지만 지금은 페어뱅크스를 왔다 갔다 해서 주소와 직업이 일정치 않았다. 인디언 협회의 일을 하나 싶으면 페어뱅크스 거리에서 친구와 함께 피델로 뮤직(기타와 바이올린으로 연주하는 옛 인디언의 음악)을 연주했다. 월터는 알래스카대학교 연구자들 사이에서 꽤 유명했는데 그 이유는 그가 지니고 있는 자신의 민족에 대한 역사적 지식, 흥미뿐만 아니라 모든 사람들의 마음을 사로잡는 소박한 인간성 때문일 것이다.

이미 몇 년 전부터 우리는 어떤 계획에 대해 의논했다. 월터와 내가 공유하는 세계, 그것은 카리부였다. 이야기는 100년을 훌쩍 넘는 과거의 알래스카 북극권으로 거슬러 올라간다.

알래스카에 총이 들어온 19세기 이전, 애서배스카 인디언은 활과 창에 의지해서 사냥을 했다. 광활한 들판을 여행하는 카리부에게 의존해 살아가던 사람들은 언제부터인지 '카리부 펜스'라고 불리는 장대한 사냥법을 생각해낸다. 카리부의 계절이동 경로를 예상해서 산비탈이나 계곡에 거대한 V자 모양의 펜스를 만들고 그 안에서 매복하며 자기도 모르는 사이에 들어온 카리부를 잡는 방법이었다. 봄과 가을에 북극권의 툰드라지대와 남쪽 삼림지대 사이를 이동하는 카리부의 본능을 이용한 사냥법 중에서도 매우 태평하고 스케일이 큰 사냥법이었다.

카리부 펜스의 시대가 언제 시작되었고 또 언제 끝났는지 이제는 아무도 모른다. 20세기가 되고 북극의 인디언이 근대와 마주하는 가운데 그 존재도 잊혔을 것이다. 현재의 마을에서 멀리 떨어진 산속에 자리한 것도 사람들의 기억에서 급속도로 사라진 이유일지 모른다. 나무 문화가 결국 자연으로 돌아가듯이 카리부 펜스도 들판 속에서 소멸했다.

1970년대 초, 한 생물학자가 알래스카 북극권의 카리부를 조사하기 시작한다. 그 전까지 카리부의 이동 경로는 거의 베일에 싸여 있었다. 조사에는 무려 5년이라는 시간이 소요됐다. 생물학자의 이름은 데이브 스완슨. 그는 이 장대한 프로젝트를 위해 이 땅에 대해 잘 아는 알래스카 원주민을 고용해야 했는데 그

일에 지원한 사람이 바로 월터였다. 월터가 사는 아크틱 빌리지는 알래스카 북극권에서 가장 카리부에 의존하는 인디언의 땅이었다.

어느 봄날의 해 질 무렵, 세스나로 브룩스 산맥을 날며 카리부 떼를 찾던 두 사람은 산비탈에서 V자 모양의 하얗고 거대한 무늬를 발견했다. 며칠 후 걸어서 그 장소를 찾아간 데이브와 월터는 그것이 예전에 설치한 카리부 펜스의 흔적임을 확인했다. 이미 썩어 문드러져서 못 알아보고 그냥 지나쳐버릴 정도의 잔해는 나스카 라인처럼 하늘에서 봐야 그 모양을 알 수 있었다. 그것도 눈이 녹고 여름풀이 자라기 전의 아주 짧은 한때, 아침저녁 비스듬히 비치는 빛 속에서 겨우 그 하얀 모습을 드러낼 뿐이었다.

알래스카에 이주한 첫해, 나는 엉뚱한 일로 데이브와 알게 되어 북극권에 사는 바닷새 조사에 동행했다. 밤이 되면 텐트에서 북극해의 파도 소리를 들으며 데이브가 해주는 다양한 알래스카 이야기에 귀를 기울였다. 데이브는 5년에 걸친 카리부 조사를 막 끝낸 참이었고 특히 그 이야기가 내 마음을 사로잡았다. 그토록 꿈꾸던 알래스카에서의 생활에 가슴이 터질 것만 같았던 나에게 그의 말 한마디 한마디는 온몸에 스며들어 피와 살이 되었다. 데이브는 정말로 알래스카의 자연과 맞붙을 생각이라면 카리부를 촬영해보라고 말했다. 전문 지식은 하나도 없었지만 그것이 큰 주제가 되리라는 확실한 예감이 들었다.

월터에게서 갑자기 전화가 걸려온 것은 그로부터 5년이나 지난 후었다.

"데이브한테 네 얘기 들었다. 카리부를 촬영한다며? 할 말이 있으니까 잠깐 나와⋯⋯" 그것이 시작이었다.

머리숱이 거의 빠진 작고 튼튼한 체구의 인디언이 나를 보더니 방긋 웃었다. 사람의 마음을 따뜻하게 만드는 미소였다. 나는 월터가 알고 있는 카리부 관련 지식에 압도당했다. 브룩스 산맥의 어느 계곡을 통해서 카리부가 이동하는지, 눈이 많이 내리는 해에는 어떤 경로를 지나는지⋯⋯ 이 남자의 머릿속에는 북극권의 모든 산과 계곡이 들어 있는 듯했다. 월터는 내가 카리부를 쫓는 것이 기쁜 것 같았고 선뜻 도와주겠다고 했다.

어딘지 알 수 없는 곳에서 월터가 갑자기 전화를 걸어오기 시작했다. 대부분 여기저기 인디언 마을에서 걸려온 전화였다.

"미치오, 당장 와! 카리부 떼가 이 근처의 강을 건너고 있어!"

"월터, 갑자기 그렇게 말해도 무리예요. 거긴 여기서 몇백 킬로미터나 떨어져 있다고요!"

언제부턴가 우리는 만날 때마다 카리부 펜스에 대해 이야기했다. 다 썩었지만 대부분의 카리부 펜스가 북극권의 산속에 잠들어 있었다. 앞으로 몇십 년이 지나면 흔적도 없이 들판 속에 파묻힐 것이었다. 아무도 모르게 사라지려고 하는 한 시대의 역사를 어떻게든 기록에 남기고 싶었다. 그것이 우리의 계획이었다. 나와 월터는 서로 같은 꿈을 꾸고 있어 기뻤다.

알래스카에 뿌리를 내리겠다고 생각한 후부터 나는 이 땅의 지나간 역사가 너무나도 궁금했다. 그 끊임없는 이어짐의 결과로, 지금 내가 알래스카에서 숨을 쉬고 있다. 아마 월터도 똑같은 생각으로 이 땅을 바라보고 있지 않을까?

그리고 카리부와의 만남은 나로 히여금 신기하게도, '늦지 않았다'는 생각을 하게 했다. 50년, 아니 100년만 빨리 태어났으면…… 지나간 시대를 생각할 때면 언제나 그런 마음에 사로잡히곤 하던 나였다.

모든 것이 어지러운 속도로 사라지고 전설이 되어간다. 그러나 문득 생각해보면 수천 년 전과 변함없이 카리부 떼는 지금도 알래스카 북극권의 들판을 여행하고 있다. 그것은 경이로운 일이었다.

월터는 그 세계를 아는 몇 안 되는 사람이었다. 전화기 너머 "잘 다녀왔어?"라고 말하는 월터의 소박한 목소리 뒤로는 언제나 알래스카의 들판이 펼쳐졌다.

새로운 사람들

　매년 3월이면 일본의 아이들을 데리고 알래스카 산맥의 루스 빙하로 여행을 떠난다. 겨울의 빙하 위에서 캠핑을 하며 추위를 피부로 느끼고, 가능하면 오로라를 보고 싶었다. 똑같은 오로라라도 페어뱅크스에서 보는 것과 혹독한 산속에서 보는 것은 다르다. 우리가 가려고 하는 루스 빙하의 원류는 4,000~6,000미터의 고산으로 둘러싸인, 바위와 얼음뿐인 무기질의 세계다. 밤하늘에 가득한 별을 올려다보는 것만으로 할 말을 잃게 만드는 곳이다. 고요한 정적에 휩싸인 루스 빙하의 밤은 우리에게 지구와 우주, 인간이 과연 무엇인지를 생각하게 한다. 그것은 분명 세대를 초월해서 느낄 수 있는 체험일 것이다. 우리는 그런 시간을 아이들과 공유하고 싶었다.

　올해도 일본에서 아이들 열네 명이 알래스카에 왔다. 매킨리산을 바라볼 수 있는 탈키트나라는 마을에서 바퀴 대신 스키를 장착한 소형 비행기를 타고 알래스카 산맥으로 들어갔다. 그러나 올 3월은 날씨 상황이 좋지 않아서 산의 모습도 보이지 않는 나날이 계속됐다. 여행 일정이 한정되어 있는 탓에 우리는 루스 빙하를 포기하고 계획을 변경해야 했다. 자연이 인간의 행동을 주관하는 이 땅에서는 그때그때 상황에 대처해야 한다.

탈키트나에서 대기한 지 사흘째가 되던 날, 부시파일럿 에릭이 덥수룩한 턱수염을 쓰다듬으며 한 가지 대안을 내놓았다.

"2년 전에 탈키트나 산맥 쪽 들판으로 이주해서 살고 있는 가족이 있어. 카리부 로지라는 산장을 운영하고 있는데 손님은 아무도 없을 거야. 작년 한 해 동안 손님이 세 명이었다고 했으니까. 하지만 좋은 가족이야. 아이들을 그곳으로 데려가보지 않을래? 루스 빙하 같은 고산은 아니니까 날씨가 조금 안 좋아도 착륙할 수 있어. 당장 무선으로 연락해볼까?"

우리는 서둘러 짐을 싼 뒤 금방이라도 눈이 내릴 것만 같은 하늘의 구름 사이를 뚫고 세스나 네 대로 날아올랐다. 반드시 좋은 경험이 기다리고 있을 거야. 창문에 얼굴을 대고 약간의 햇빛을 받기 시작한 겨울 들판을 내려다보며 생각했다.

세스나가 크게 산을 돌아 들어가자 설원 위에 점을 찍어놓은 듯한 외딴 집이 보이기 시작했다. 비행기의 착륙을 돕기 위해 깊이 쌓인 눈을 급하게 밟아놓은 모양이었다. 세스나는 깊은 눈 속에 빠질 듯하다가 간신히 착륙했다. 비행기에서 내리고 보니 세 사람이 어리둥절한 표정으로 얼어붙은 호수 위에 서 있었다. 벌써 몇 개월이나 사람을 보지 못한 채 생활했는데 갑자기 열네 명의 아이들(스태프를 포함하면 스물한 명)이 나타난 것이었다.

온통 눈으로 뒤덮여 인기척을 느낄 수 없는 완만한 벌판이 끝없이 이어졌다. 루스 빙하 같은 험준한 고산은 아니지만 어딘가 공통점이 느껴지는 세계였다. 유일한 차이는 여기에 가족 세 명이 산다는 점이었다.

아빠 마이크, 엄마 린, 그리고 열한 살인 아들 엘런. 말수가 적은 가족이었지만 우리는 그들이 금세 좋아졌다. 새삼 느끼지만 아이들은 참으로 신기한 존재인 것 같다. 엘런과 아이들은 서로 말이 통하지 않는데도 벌써 눈 속에서 뛰놀 정도로 친해졌다. 우리는 당초 예정한 대로 산장에 머물지 않고 눈이 쌓인 전망 좋은 산등성이에 텐트를 쳤다.

전기가 들어오지 않는 캘리포니아 시골에서 자란 마이크와 린은 결혼한 뒤 몬태나의 산속으로 이주하여 숲을 벌채한 자리를 정리하는 일에 오랫동안 종사했다. 그 일은 정말로 힘들었다고 한다. 엘런은 다섯 살 때부터 아침 다섯 시에 일어나 부부가 하는 일을 온종일 거들었다고 했다. 엘런에게 문득 보이는, 상대방을 똑바로 바라보는 어른스러운 눈빛은 아직 소년인 그 아이가 평범한 어린 시절을 보내지 않았다는 사실을 말해줬다. 언제부턴가 알래스카에서 살고 싶다는 꿈을 가지게 된 마이크는 2년 전 탈키트나 산속에 매물로 나온 폐가가 있다는 말을 들었다. 먼 몬태나에서 홀로 알래스카까지 찾아온 그는 이 들판에 선 지 불과 한 시간 만에 전 재산을 팔고 가족과 함께 알래스카로 이주해야겠다고 결심했다.

다양한 사람들이 들판 생활을 동경해 알래스카를 찾아오지만 대부분 좌절하거나 짧은 기간의 체험에 만족하고 돌아가고 만다. 이 땅의 자연은 시간의 흐름 속에서 어느 순간 이 땅에 진정으로 뿌리내릴 인간을 선택하기 때문이다. 이곳에서 생활하려면 강인한 정신이나 육체, 높은 이상보다는 일종의 소박함이 필요한 듯하다. 이 가족은 분명히 괜찮을 것이다.

우리는 눈 속에서 캠핑하며 이 가족과 함께 지냈다. 텐트와 산장은 100미터도 떨어져 있지 않았다. 캠프 생활에서 아이들이 해야 하는 여러 가지 일…… 눈을 녹여 물 만들기, 장작 패기, 밥 짓기, 여기에 마이크 가족의 일을 돕기도 했다. 들판 생활은 온 가족이 힘을 합쳐서 일해야 한다. 날마다 호수의 얼음을 깨고 언덕 위의 집까지 물을 길어오는 열한 살의 엘런. 아이들은 엘런을 도와주며 무엇을 느꼈을까?

"필요한 것과 원하는 것 사이의 거리는 꽤 멀다고 생각해요……"

아빠 마이크가 무심코 한 말이 기억에 남았다. 원하는 것이 넘쳐나는 바다에서 생활하는 우리에게 이 가족의 일상은 그 자체로 신선했다.

어느 날 아침엔 이런 일이 있었다. 주방을 빌려서 아침식사를 준비하던 나는 가스 불을 켜놓은 채 몇 번이나 프라이팬을 다른 곳으로 옮겼다. 그 모습을 옆에서 가만히 보던 엘런이 더는 못 참겠다는 듯이 내가 프라이팬을 옮길 때마다 불을 껐다. 기껏해야 몇 초였다. 하지만 이내 아차 싶었다. 그것은 엘런의 아빠가 들판까지 운반하고 엘런이 집까지 들어올린 소중한 프로

판가스였기 때문이다.

날씨가 좋아질 기미는 보이지 않았지만 엘런을 리더로 삼아 산으로 크로스컨트리 투어를 하러 가거나 눈 속에서 불을 피우는 서바이벌 게임을 하는 등 아이들과 마이크 가족은 가족 같은 관계를 맺기 시작했다. 밤이 되면 마이크는 아이들에게 들판에서 생활하며 경험한 다양한 일들에 대해 이야기해줬고 아이들도 이것저것 질문을 했다.

"사람 사는 마을과 떨어진 곳에서 살면 쓸쓸하지 않아요?"

"엘런은 학교에 어떻게 가요?"

"좀 더 편하게 생활하고 싶은 마음은 없나요?"

아이들 입장에서는 마이크 가족의 존재 자체가 충격이었을 것이다. 또래인 엘런을 보며 지나치게 자신들의 삶과 겹쳐 생각했을 수도 있다.

어느 날 나는 엘런에게 물었다.

"알래스카로 이주한 지 2년이 지났는데 그동안 어떤 일이 가장 놀라웠니?"

"글쎄요…… 음, 두 가지가 있어요. 하나는 작년 여름 집 앞에서 그리즐리와 맞닥뜨린 일인데 집 안을 가만히 들여다보고 있어서 깜짝 놀랐어요. 또 하나는 나흘 전에 모두가 이곳에 온 일이에요."

우리가 돌아가기 전날부터 엘런은 갑자기 말이 없었다. 아이들과 그토록 신나게 떠들더니 이제 지친 것일까? 아이들이 떠나서 쓸쓸한 것일까? 아니면 일본 아이들과 문화적인 차이가 너무 커서 충격을 받은 걸까?

아이들은 결코 넉넉하지 않은 이 가족이 우리에게 한껏 베풀어준 따뜻한 대접을 잊을 수 없을 것이다. 마이크 가족은 앞으로 알래스카에서 어떤 이야기를 써나갈까? 청년이 되어 언젠가는 들판 생활을 떠나 세상으로 나올 엘런은 어떤 삶을 살아가게 될까? 나는 계속 지켜보고 싶었다.

출발하기 전, 우리는 마이크에게 약간의 성의를 담아 사례하고 아이들을 안내해준 엘런에게도 용돈을 조금 건넸다. 엘런은 그 돈을 주머니에 넣은 후 몇 번이나 손을 넣어 꽉 쥐어보는 것 같았다.

다양한 사람들이 각자의 사연을 안고 어느 날 갑자기 알래스 카에 찾아온다. 우리는 이번 여행에서 오로라를 보진 못했지만 앞으로 알래스카의 들판에서 살아가려고 하는 늠름한 가족을 만났다. 그 만남은 아이들의 마음속에 오로라 못지않게 눈부시 고 신기한 추억으로 자리 잡을 것이다.

아득히 먼 발소리

알래스카 북극권에 봄의 징조가 나타나는 6월이 되면 카리부를 촬영하기 위해 해마다 꼭 들어가는 브룩스 산맥의 계곡이 있다. 그 계곡에서 제고 리버라는 강이 북극 평원으로 흘러든다. 최근 13년 동안 그곳에서 사람을 만난 적은 한 번도 없었다. 가장 가까운 에스키모 마을은 브룩스 산맥을 넘어 200킬로미터나 떨어져 있었다. 카리부 떼는 매년 반드시 그 계곡을 지나간다. 이 이름 없는 계곡이 아마 알래스카에서 내가 가장 좋아하는 장소일 것이다. 그곳에 있으면 정신이 아득해질 듯한 풍경이 나를 작아지게 만들지만 그와 반대로 만물이 내게 속한 듯한 기분도 느낄 수 있다. 특별할 것 없는 이끼 긴 바위, 툰드라에 솟아오르는 작은 언덕, 계곡을 지나가는 극북의 바람…… 낚시꾼에게 자신만 알고 싶은 소중한 강이 있듯이 나에게 그 계곡은 나만 알고 싶은 소중한 장소였다.

카리부는 극북의 방랑자다. 어느 날 갑자기 툰드라 너머에서 나타나 바람처럼 툰드라 저편으로 떠나간다. 아무도 그들이 간 곳을 쫓아 뒤따를 수 없다.

알래스카에 이주하고 두 번째 맞는 봄, 나는 이 계곡에서 처음으로 카리부의 계절이동을 보았다. 눈에 들어오는 것은 모두 하얀 눈밭인 그 위를, 긴 선을 그리며 행진하는 카리부 떼. 그때 나는 태어나 처음으로 진정한 야생동물의 모습을 엿본 것만 같았다. 이는 카리부의 장관에 압도당했기 때문이 아니라, 오로지 북쪽으로 향해 가려는 카리부의 의지와 이 광경을 지켜보는 사람이 이 세상에 나밖에 없다는 신기한 마음에서 비롯됐을 것이다. 나는 그때 처음으로 이 광활한 땅을 실감했다. 인간과 관계가 없는 세계가 지닌 생생하고 드넓은 공간에 감동받았다. 그 경험은 내가 알래스카라는 땅에 뿌리내리기로 결심하는 첫 번째 계기가 되었다. 그러고 보니 늑대도 이 계곡에서 처음 봤다.

베이스캠프에서 북극 평원을 한눈에 바라볼 수 있었다. 봄소식에 세상이 급속도로 바뀌는 모습은 언제나 내 마음을 사로잡았다. 설원 곳곳에 까만 흙이 보이기 시작하고, 어느 날 갑자기 반년 동안 얼어붙어 있던 강이 성난 파도처럼 움직인다. 순식간에 남쪽에서 찾아온 뇌조, 검은가슴물떼새, 수많은 도요새, 물떼새들이 지저귀는 소리…… 불과 열흘 전까지만 해도 고요하기 그지없던 툰드라가 마치 되살아난 듯 화려해진다.

강둑을 산책하다 보니 해마다 야생 크로커스가 꽃피는 장소가 있었다. 나는 봄에 가장 먼저 피는 연보라색의 그 꽃을 좋아한다. 거기 그 꽃이 피어 있는 것을 보면 왠지 안심이 됐다. 한 달이나 혼자서 캠프 생활을 할 때는 그런 사소한 일에 마음이 누그러졌다.

나는 그 꽃을 보며 카리부의 이동을 봤을 때처럼 한없는 신기함을 느꼈다. 보는 사람이 아무도 없는데도 그 꽃은 매년 봄이 되면 땅끝과도 같은 그 계곡에서 봉오리를 맺는다. 자연이란 원래 그런 존재라는 것을 알고 있었어도 그것은 여전히 흥미롭고 변함없이 신기했다.

5년 전 알래스카에서 죽은 카메라맨 친구의 재를 동료와 함께 가문비나무 아래에 묻은 적이 있다. 매킨리 산에 가까운 이글바레이라는 계곡이었다. 재를 묻은 작은 언덕에서 가문비나무 숲을 바라볼 수 있었다. 그가 가장 좋아하는 장소였다.

이 세상에 사는 모든 존재는 언젠가 흙으로 돌아간다. 그리고 또 다른 여행을 시작한다. 유기물과 무기물, 삶과 죽음의 경계는 도대체 어디에 있는 것일까?

언젠가 내 육체가 사라지면 나도 내가 좋아했던 장소에 묻혀 흙으로 돌아가고 싶다. 툰드라의 식물에게 약간의 양분을 주어 극북의 작은 꽃을 피우게 하고, 매년 봄이 되면 아득히 먼 저편에서 카리부의 발소리가 들려오고…… 그런 것을 나는 종종 생각할 때가 있다.

돌고 도는 계절의 변화

어떤 사정 때문에 하와이로 이주한 친구에게 알래스카를 떠나서 가장 그리운 게 뭐냐고 물은 적이 있다. 그는 망설이지 않고 대답했다. "계절이야. 이 땅에는 계절이 없으니까."

사람은 계절의 순환으로 시간의 흐름을 알 수 있고 마음의 경계를 확실히 할 수 있다.

북국의 계절 변화는 아름답다. 알래스카는 북국이라기보다 극북이라고 해야 할 것이다. 나는 이 땅의 각 계절에 매료되었는데 특히 이곳의 가을은 너무 멋져서 뭐라고 형용할 수 없다.

8월 말이 되면 알래스카의 들판에 서서히 툰드라의 붉은 카펫이 깔린다. 온갖 식물이 저마다 붉게 물들기 시작하고 날이 갈수록 들판의 색이 깊어지는 모습은 마치 자연의 오케스트라와 같다. 한층 추워진 어느 날, 불과 반나절 만에 붉게 물드는 잎을 보면 그 빠른 변화의 속도에 깜짝 놀라게 된다.

노랗게 물드는 사시나무와 자작나무 속에서 검은 가문비나무가 만들어내는 아름다운 모자이크. 나무숲에서 풍기는 향기로운 하이부시 크랜베리의 가을 냄새. 지금은 그저 잘 익은 블루베리 열매를 딸 수 있는 날만을 기다린다.

 가을은 바쁜 여름날에 서서히 제동을 걸기 시작한다. 사람들이 여름내 너무 분주히 움직였으니까. 일조 시간이 점점 짧아지고 기온도 뚝뚝 떨어지기 시작한다. 떠나가는 여름은 아쉽다. 하지만 조금씩 혹독해지는 자연이 우리의 마음을 온화함으로 가득 채우는 이유는 무엇일까? 그것은 어딘가, 비 오는 날 집에서 느낄 수 있는 평온함과 닮았다. 겨울이 주는 마음의 평안도 분명히 그런 느낌일 것이다.

 그리고 어느 날 예고도 없이 첫눈이 온다. 바로 어제까지 사시나무와 자작나무의 낙엽을 밟았는데 벌써 옛일처럼 느껴진다. 그래도 이 첫눈이 반가운 이유는 무엇일까?

 사람의 마음은 순환하는 계절의 변화로 다시 회복된다. 곧 다가올 계절이 영하 50도까지 떨어지는 암흑의 겨울이라 해도 사람들은 그 새로운 계절에 희망을 걸 것이다.

유구한 자연

　인간과 자연의 관계에 대해 생각할 때면, 지금도 십 대 시절에 느꼈던 신기한 감각이 되살아난다. 그것은 현재의 내가 매사를 느끼고 생각하는 방법의 바탕이 된 일과 조금 관계가 있는 듯하다.

　그 무렵 나는 일본 홋카이도의 자연을 동경했다. 당시 나에게는 알래스카뿐만 아니라 홋카이도 또한 머나먼 세계였다. 그래서 홋카이도에 관한 온갖 책을 닥치는 대로 읽었다. 그러다 어느 순간 어떤 것이 마음에 걸리기 시작했다. 바로 불곰이었다. 내가 사는 나라에 불곰이 살고 있다는 사실이 너무나도 신기했다. 좀 더 자세히 말하자면, 예를 들어 만원 전철을 타고 학교로 갈 때, 혼잡한 도쿄의 거리를 걷고 있을 때, 문득 이런 생각이 떠오르는 것이었다. '지금쯤 불곰은 들판을 걷고 있겠구나.'

　생각해보면 당연한 이야기다. 홋카이도에는 아직 자연이 많이 남아 있으니까. 하지만 그때는 그런 식으로 생각할 수 없었다. 자연이, 또 세계가 너무나 진기했다. 모든 것에 똑같은 시간이 평등하게 흐른다는 사실이 신기했다.

몇 년 전 나와 똑같은 말을 한 친구가 있었다. 도쿄에서 바쁜 편집자 생활을 보내던 그는 간신히 일을 마무리하고 나의 알래스카 여행에 동참했다. 남동알래스카의 바다에서 고래를 쫓는 여행이었다. 일주일간의 짧은 휴가였지만 운 좋게도 그는 고래를 볼 수 있었다. 어느 날 해 질 무렵, 보트 가까이에 나타난 거대한 혹등고래 한 마리가 갑자기 공중으로 솟구쳐 올랐다. 고래의 행동이 무엇을 의미하는지는 몰랐지만 할 말을 잃게 만드는 압도적인 순간이었다.

그때 그가 말했다. "일이 바빴지만 알래스카에 오길 정말 잘했어. 왜냐고? 내가 도쿄에서 정신없이 흘러가는 나날을 보낼 때에도 알래스카의 바다에서는 고래가 솟구쳐 오르고 있을지도 모르잖아. 그 사실을 알게 된 것만으로도 정말 좋아."

나는 그의 마음을 충분히 이해할 수 있었다. 내가 일상에 쫓길 때에도 다른 곳에서는 또 하나의 시간이 흐르고 있다. 그것을 유구한 자연이라고 해도 좋을 것이다. 그 사실을 알 수 있다면, 아니 마음 한구석에서라도 상상할 수 있다면 어쩐지 살아가는 힘이 될 것 같은 기분이 든다.

인간에게는 분명히 두 개의 소중한 자연이 있을 것이다. 하나는 일상생활 속에서 관계를 맺는 친근한 자연. 그것은 길가의 풀꽃이거나 근처에 흐르는 강물일 수도 있다. 또 하나는 일상생활과 관계가 없는 아득히 먼 자연. 그곳에 갈 필요는 없다. 그냥 그곳에 있다는 생각만으로도 마음이 풍요로워진다. 우리에게 상상력이라고 하는 풍요로움을 건네주기 때문일 것이다.

고래를 본 내 친구는 지금 어떤 바쁜 나날을 보내고 있을까?

겨울

"이제 슬슬 올 때가 됐네. 왠지 냄새가 나."

"눈 깜짝할 사이에 온다고. 언제나 마음의 준비도 하기 전에 말이야."

그렇다. 알래스카의 겨울은 언제나 어느 날 갑자기 찾아온다. 어제까지만 해도 자작나무며 사시나무의 낙엽을 밟고 다녔는 데 벌써 먼 옛날처럼 느껴진다. 그래도 해마다 이 첫눈이 반가운 이유는 무엇일까? 앞으로 길고 어두운 겨울이 시작될 텐데 하늘에서 내려오는 수많은 눈송이만을 넋을 놓고 바라보았다. 여름의 빛을 그토록 아쉬워했으면서 마음은 벌써 완전히 겨울로 돌아섰다. 나는 이 땅의 계절이 바뀌는 시간을 좋아한다.

"알래스카의 사계절 중 어느 계절을 가장 좋아하나요?"라고 묻는다면 나는 심각하게 망설인 끝에 역시 겨울이라고 대답할 것이다. 이 땅에 사는 사람들도 대체로 나와 같은 생각을 하지 않을까? 영하 50도의 추위, 눈 속에 갇힌 기나긴 나날, 짧은 일조 시간…… 카드로 치자면 불리한 카드뿐인 상황이니 사람들은 고개를 갸웃할지 모른다. 설명하려고 해도 그 대답에 대한 비장의 카드가 있는 것도 아니다. 굳이 말하자면 나는 겨울이라는 카드 자체가 좋다.

기온이 영하 50도까지 뚝 떨어진 아침, 보석처럼 빛나는 대기가 얼마나 아름다운지 상상할 수 있는가? 몸을 바짝 굳게 하는 냉기에서 풍기는 티 없이 맑고 투명한 겨울의 냄새. 이 계절에는 마음을 정화시키는 힘이 있는 것인지도 모르겠다.

언젠가 친구가 이 땅에서의 생활을 이렇게 말했다.

"추위가 사람의 마음을 따뜻하게 해. 멀리 떨어져 있는 것이 서로의 마음을 가깝게 만들어주거든."

영하 50도의 추위 속에서 북방쇠박새 한 마리가 찌르르 찌르르 지저귀며 눈앞을 날아가던 모습을 생생하게 기억한다. 기껏해야 10센티미터 정도 되는 몸으로 어떻게 생명의 등불을 유지하고 있는 걸까? 나는 이 땅의 생물들이 혹독한 계절 속에서 꿋꿋이 살아가는 모습을 좋아한다. 추위는 인간에게도 생물이 가져야 할 긴장감을 주는 듯하다.

눈 속에 갇힌 생활은 어떨까? 해가 지지 않는 알래스카의 여름이면 사람들은 줄곧 바쁘게 일을 한다. 밤이 없는 생활은 근사하지만 여름이 끝날 무렵, 사람들은 이미 긴 하루에 지쳐 있다. 어두운 밤이 몹시 그립다. 계절이 가을에서 겨울로 바뀌어 가면 자연은 사람들의 생활에 제동을 건다. 마치 우리의 마음을 이해한 것처럼. 그 신기한 편안함은 어릴 적 비가 오는 날 집 안에서 보냈던 기쁨의 시간과 닮았다. 눈 속에 갇힌 나날은 사람들의 마음에 어떤 고요함을 되찾게 해줄 것이다.

"오랜만이야. 여름 잘 보냈어?"

"주말에 놀러 와. 느긋하게 여름 이야기라도 하자고."

여름 동안 분주했던 사람들의 생활이 조금씩 안정을 되찾으며 일상으로 돌아온다. 겨울은 서로가 여유롭게 대화를 나누는 계절일지도 모른다.

짧은 일조 시간은 겨울이라는 계절이 갖고 있는 불리한 카드 중에서도 가장 나쁜 패처럼 느껴질 것이다. 동지 무렵이면 오전 열한 시가 지나야 해가 뜨고 오후 두 시면 해가 지니 낮 시간은 거의 사라진다. 아침 해가 그대로 저녁 해가 되어 태양이 지평선에 그리는 포물선이 좁아지기 때문이다. 알래스카 북극권에서 생활하는 사람들에게는 태양의 모습을 전혀 볼 수 없는 나날이 계속된다.

그러나 이런 어두운 겨울에도 사람들은 빛을 찾아낸다. 초승달이 뜨는 밤에는 희미한 달빛이 벌써 눈의 표면 위에 사물의 그림자를 비추기 시작한다. 보름달이 뜨는 밤 눈 덮인 세상은 또 얼마나 휘황한지. 달빛 아래서 사람들은 개썰매를 타고 크로스컨트리 스키로 설원을 달린다.

그리고 또 하나의 겨울의 빛, 오로라. 알래스카에서 생활하는 사람들에게 오로라는 결코 희귀한 존재가 아니다. 그러나 겨울밤 집으로 돌아갈 때, 벌판을 여행할 때, 사람들은 그 신비한 빛에 문득 발을 멈추고 가만히 넋을 잃은 채 바라볼 것이다.

오로라는 길고 어두운 극북의 겨울을 살아가는 사람들의 마음을 따뜻하게 위로해준다.

마침내 동지가 지나고 태양이 그리는 포물선이 조금씩 넓어지기 시작하면 사람들의 마음에 작은 불이 켜진다. 진짜 겨울은 이제부터 시작이지만 날이 갈수록 봄이 다가오고 있다고 실감하기 때문일 것이다.

　알래스카의 순환하는 계절과 그 절반을 차지하는 겨울. 하지만 이 겨울이 있기에 희미한 봄소식이 고맙게 느껴지고, 흘러넘칠 듯한 여름의 빛을 확실히 받아들이며, 한순간의 아름다운 가을을 아쉬워할 수 있다.

봄소식

알래스카를 여행한 지 벌써 15년이 됐는데 꽃 사진을 찍으려고 진지하게 생각한 것은 최근 1~2년의 일이다. 그 전까지는 언제나 큰 피사체에 시선을 빼앗겼다. 그리즐리, 늑대, 카리부, 무스, 혹등고래…… 아니, 야생동물뿐만이 아니다. 이 땅을 뒤덮고 있는 빙하의 흐름, 끝없이 펼쳐지는 북쪽의 툰드라, 남알래스카의 울창한 원시림, 겨울밤 하늘을 춤추는 오로라…… 알래스카의 자연은 우리에게 언제나 커다란 존재였다.

그러나 잠깐 멈춰 서서 시선을 내리고 알래스카의 땅 위에서 몇십 센티미터까지 눈을 가져가니, 왜 지금까지 몰랐을까 싶을 정도로 훌륭한 식물의 세계가 있다. 또 그들이 살아남는 법을 알면 알수록, 완전히 새로운 세계를 발견한 듯한 기쁨으로 내 영역이 확장되는 것을 느낀다.

이 땅에 사는 꽃들은 남쪽 세계의 선명한 꽃들과는 대조적으로 수수하고 애틋하다. 철도 짧아서 약 두 달 동안 생장과 개화를 서둘러 마무리해야 한다. 알래스카 식물들은 다양한 방법으로 이런 혹독한 자연환경에 적응하고 있다.

예를 들어 쿠션에 꽃을 박아넣은 것처럼 보이는 양장구채 종류는 다년생 식물로, 씨가 땅에 떨어져 처음 꽃을 피우기까지 10년이나 걸린다. 건조한 바람 속에서 이 식물은 조금이라도 더 많은 수분을 땅속에서 흡수해야 한다. 그 씨는 내부의 에너지로 싹을 틔울 수 있지만 그 후 이 식물의 에너지는 뿌리를 크게 발달시키는 데 이용된다. 그 때문에 꽃이 피기까지 그토록 긴 시간이 걸리는 것이다.

이끼 종류는 잎의 표면이 납처럼 단단해서 수분의 증산작용을 최대한 막는다. 내가 좋아하는 툰드라의 꽃인 송이풀 등은 단열재 역할을 하는 털로 줄기나 봉오리 표면을 덮어 보온에 힘쓴다. 보온용 매트 모양을 이루며 생육하고 개화하는 북극이끼장구채의 온도는 주위의 기온보다 약 20도나 높다고 한다.

극지의 식물은 이런 종류의 적응 수단 덕분에 부근의 기후보다 쾌적한 미기후를 만들어냈다. 지금까지 그냥 지나친 알래스카의 작은 세계를 알면 알수록 자연이 감추고 있는 힘에 깜짝 놀라게 된다. 극북의 식물이 지닌 매력은 언뜻 연약해 보이는

모습 속에 숨은 늠름함일지도 모른다. 알래스카의 미시적 세계
는 실로 장대하다.

앞으로의 촬영 활동에서는 꽃의 비중이 커질 것이다. 꽃을
찾아서 지금까지 가본 여러 장소를 다시 한 번 찾아갈 것이다.
이제는 많은 꽃을 찍는 것뿐 아니라 한 송이 꽃의 변화도 주의
깊게 지켜보고 싶다.

이를테면 분홍바늘꽃. 이 꽃의 모습으로 계절의 소재를 알
만큼 그 변화가 멋지다. 솜털로 변해서 바람에 실려 가는 가을
이 되면 이것이 여름을 수놓았던 그 꽃인가 싶을 정도로 변해
버린다. 블루베리 꽃도 놓칠 수 없다. 열매가 익는 가을에만 주
의해서 보게 되는 이 식물도 여름에는 그냥 지나칠 정도로 작
고 사랑스러운 꽃이 핀다.

꽃에 얽힌 다양한 이야기도 조사해보고 싶다. 어느 해의 여름
날 북극권 툰드라에서 카리부 떼가 내가 있는 베이스캠프를 지
나갔을 때의 일이었다. 텐트 주변 한쪽에는 극북의 꽃들이 어
우러져 피어 있었다. 한밤중에 1만 마리에 가까운 카리부 떼가

그곳을 찾아왔다. 수없이 많은 발소리가 화음을 이루며 몇 시간이나 주위에 울려 퍼졌다. 이튿날 아침 나는 깜짝 놀랐다. 카리부 떼가 눈에 들어오는 꽃들을 거의 먹어치운 것이었다. 나는 꽃이 사라져서 쓸쓸해지기는커녕 오히려 감동을 받았다.

꽃에 시선을 돌리기 시작하자 이 땅에 사는 사람들의 생활 속에서 꽃이 얼마나 큰 위치를 차지하는지 새삼 깨달았다. 짧은 여름철에 알래스카를 찾아와보면 그 사실을 알 수 있을 것이다. 각자의 집 주위가 꽃으로 가득 꾸며져 있다. 겨울이 길기 때문에 꽃의 계절을 즐기기 위해 꽃을 소중히 하는 것이다. 앞으로는 그렇게 사람들의 생활 속에 어우러진 꽃의 모습도 사진으로 찍어보고 싶다.

작년에 결혼한 후 아내가 꽃의 세계에 몸을 둔 것도 알래스카의 꽃에 대한 흥미에 박차를 가했을지 모른다. 그녀에게는 알래스카의 자연과 만난 것이 특히 큰 파장을 일으킨 모양이다. 그것은 야생화와의 만남이기도 했다.

알래스카는 지금 3월이다. 아직 눈이 많이 쌓였지만 조금씩 일조 시간이 늘어나는 걸 보니 봄이 가까워지고 있다. 앞으로 한 달만 지나면 반년 만에 흙냄새를 맡을 수 있을 것이다. 올여름에 이루고 싶은 꿈이 하나 있다. 정원 한쪽을 알래스카 야생화로 가득 덮는 것. 물망초, 분홍바늘꽃, 북극양귀비…… 눈이 쌓인 경치를 바라보며 문득 그 생각을 하니 기분이 좋아진다.

애틋한 꽃

아내가 알래스카에 온 지 이제 겨우 1년이 지났다. 일본에서 알래스카로 이주하며 겪는 생활의 변화는 말로 다 설명할 수 없다. 아직 영어는 서툴지만 조금씩 이곳에 익숙해지는 듯하다.

아내는 특히 꽃을 좋아하는데 불과 1년 사이에 나와 함께 촬영하러 다니는 곳곳에서 수많은 꽃을 만났다. 알래스카 들판에 피는 애틋하고 작은 극북의 꽃들에게 푹 빠진 모양이다. 겨울이 긴 북쪽에서의 생활 덕택인지, 짧은 여름에 피는 꽃들이 얼마나 사람의 마음을 평온하게 하는지도 깨달은 것 같다. 이 땅에 겨울이 없다면 일 년 내내 꽃이 핀다 하더라도 꽃에 대한 사람들의 마음이 이토록 강렬하지 않았을 것이다.

나도 아내의 영향을 받아서인지 조금씩 알래스카의 꽃을 다시 보며 촬영에도 몰두하기 시작했다.

작년 여름에는 오직 꽃을 촬영하기 위해 베링 해의 외딴 섬인 알류샨으로 갔다. 알류샨 열도는 나무도 없고 언제나 찬바람이 휘몰아쳐서 자연조건이 혹독한 땅이지만, 그곳에서 군생하는 꽃의 모습은 멋있었다. 가혹한 자연 속에서 피어나는 꽃의 아름다움은 따뜻하고 빛으로 가득한 세계에서 자란 꽃과는 차원이 달랐다. 도시에서 생활하며 꽃집에서 파는 꽃만 봐온 아내에게는 적지 않은 충격이었던 모양이다.

특히 그곳에서 본 물망초의 모습을 잊을 수 없었다. 우리는 알류샨 열도에서 피는 물망초가 알래스카 본토에서 자라는 것과 어떤 차이점이 있는지 알아보기 위해서 그 꽃을 계속 찾아다녔다. 섬 주민들에게 물어보고 산비탈에도 올라갔지만 도저히 찾을 수 없었다. 그러다 문득 허리를 구부렸는데 바로 발밑에 물망초가 피어 있었다. 이러니 찾지 못한 것이 당연했다. 그것은 우리가 익히 알고 있는 바람에 흔들리는 물망초가 아니라, 바위 그늘에 납죽 엎드리듯이 피어 있어 못 보고 지나칠 만한 작은 꽃이었다.

페어뱅크스에서 지낼 때도 꽃은 우리 부부에게 소중한 생활의 일부가 되었다. 여름내 정원의 꽃밭을 어떻게 가꿀까? 일본에서는 언제나 돈을 주고 사온 꽃으로 꽃꽂이를 했던 아내는 씨앗부터 키우는 일에 흥미를 느끼기 시작했다.

인간관계도 꽃을 매개로 하여 조금씩 넓어졌다. 특히 영어 가정교사로 종종 집에 오는 친구 수는 동네 온실에서 일하는 꽃 전문가이자 아내의 좋은 상담 상대이기도 하다. 수는 나와 동갑 (42세)인 독신 여성인데 물도 전기도 없는 오두막에서 정말로 심플한 생활을 하고 있다. 온실 일 말고도 그녀는 아이들을 대상으로 자연교실을 열거나 일주일에 세 번씩 동네 시장(자신의 집에서 키운 신선한 채소, 꽃을 판매한다)에 작은 가게를 내는 등 다양한 활동을 하고 있다. 꽃을 통해 그런 사람들의 삶을 접하는 것이 아내에게는 가장 큰 혜택인 듯하다.

올가을에는 우리 집에서 꽤 커다란 발견이 있었다.

정원 안쪽에 작은 숲이 이루어져 있는데 그곳에서 크랜베리 열매를 찾은 것이다. 왜 지금까지 몰랐을까? 우리는 즉시 그 빨간 열매를 따서 크랜베리 빵을 구워 먹었다. 사람의 마음은 이상한 것이라서 그 숲이 갑자기 우리 부부와 가까워진 기분이 들었다. 사냥이든 나무열매 채집이든 인간은 그 땅에 깊이 관여할수록 그곳에 사는 다른 생명을 자신의 내면으로 받아들이고 싶어 한다. 그리고 그것을 통해 그 땅에 좀 더 깊이 소속되는 느낌을 받는다. 이 행위를 그만두었을 때 사람의 마음은 자연으로부터 멀어지는 것일지도 모른다. 꽃을 키우거나 채소를 재배하는 것도 어떤 점에서 공통된 인간 행위일 것이다.

지금은 벌써 10월. 해가 지지 않는 눈부시게 빛나는 꽃의 계절이 멀리 떠나고 아름다운 가을의 빛도 완전히 색이 바랬다. 하지만 슬퍼하기에는 아직 이르다. 바람에 춤추는 낙엽을 바라보며 바삭바삭 마른 잎을 밟을 수 있는 신비하고 평온한 시간이 아직 그곳에 남아 있다. 들어왔던 밀물이 다시 썰물로 빠져나가기 전에 느낄 수 있는 고요한 시간. 사람의 일생에도 과연 그런 계절이 있을까?

꽃과 나무들을 바라보며 한 해를 보내다 보면 계절의 변화가 놀랍게도 사람의 일생과 같다는 생각이 든다.

아내는 한 달만 지나면 드디어 엄마가 된다. 이 일로 자연에 대한 감각이 달라질까? 겨울이 가고 봄이 와서 다시 만날 꽃은 어떻게 달라 보일까?

간밤에는 멋진 오로라가 밤하늘에서 춤을 추었다. 열 시 무렵부터 북쪽 하늘에 나타난 푸르스름한 불길이 곧 하늘 전체로 퍼졌고 새벽 무렵까지 허공을 뛰어다닌 후, 날이 밝아오기 시작한 가운데 사라져갔다. 벌써 겨울이 바로 저기까지 다가왔다.

싯카

남동알래스카의 도시 싯카는 숲과 빙하로 둘러싸여 언제나 촉촉한, 비에 젖은 꿈처럼 아름다운 도시다. 종종 혹등고래가 피오르 만에 나타나는데 여유롭게 바닷물을 내뿜는 모습을 작은 도시의 거리에서도 볼 수 있다. 많은 알래스카 사람들에게 싯카는 언젠가 꼭 살아보고 싶은 도시라고 들은 기억이 난다.

8월 어느 날, 혹등고래를 쫓으며 남동알래스카의 바다를 여행하던 나는 문득 들러보고 싶어져 10년 만에 싯카를 찾아갔다. 친구 소개로 그곳에 사는 한 여성을 만나기 위해서이기도 했다.

메리는 이 땅에 사는 인디언에게서 약초 지식을 배웠다고 한다. 남동알래스카는 토템폴 민족인 클링킷 인디언의 세계이기도 하다. 시대는 달라졌지만 지금도 예부터 내려오는 혈통에 따라 각 가계가 확실히 나뉘어 있다. 곰, 독수리, 늑대, 고래, 큰까마귀, 연어, 개구리……

메리는 두 명의 인디언 노파와 함께 나타났다. 마침 숲에 데블스 클럽Devil's Club의 줄기를 따러 가는 참이라고 했다. 땃두릅나무라고도 불리는 식물인데, 잎의 뒷면에 가시가 잔뜩 있어서 숲속을 걸을 때 여간 성가신 게 아니다. 하지만 사람들에게 가장 중요한 약초 중 하나였다.

"할머니네 혈통은 어디에 속한댔죠?"

메리는 두 노파를 소개해준 후 갑자기 생각난 듯이 물었다.

"나는 곰이야."

"난 큰까마귀."

목소리가 작기는 했지만 두 사람은 당연한 것을 새삼스레 물어보느냐는 듯이 대답했다.

울창한 숲속에 들어서자 발 디딜 곳이 마땅치 않아서 우리는 각각 노파의 손을 잡고 걸었다. 데블스 클럽은 금세 모습을 드러냈고, 이미 그곳에 적응한 세 명의 여성은 솜씨 좋게 작업을 시작했다. 메리가 줄기를 자르면 노파들이 그 껍질을 벗겼다. 들고 온 양동이가 순식간에 가득 찼다.

메리는 작업에서 손을 놓지 않고 한 노파에 대해 말하기 시작했다.

"5년 전에 암이 발병했는데 의사가 치료를 포기하더래요. 앞으로 1년도 못 살 거라고. 의사 몰래 데블스 클럽을 꾸준히 먹었는데 암이 완치되었어요. 병원 의사들은 기적이라며 고개를 갸웃거렸다나 봐요. 끝까지 약초 얘기는 하지 않았죠. 왠지 알아요? 아주 오랜 옛날, 어린 시절부터 부모가 가르쳤거든요. 백인들에게 중요한 얘기를 하면 안 된다고…… 신앙도 언어도, 역사 속에서 그들에게 다 빼앗겼기 때문이에요."

메리는 처음 알래스카에 왔을 때 한 인디언 노파를 만나게 되면서 이 땅의 약초에 흥미를 느끼게 되었다고 했다. 엄청난 지식의 소유자였는데, 죽기 전까지 메리에게 대부분의 약초에 대한 비밀을 전해줬다고 한다.

"지금도 그분이 해준 말을 잊을 수 없어요. '어떤 식물에게나 힘이 있어. 그 힘을 얻고 싶으면 마음을 조용히 다스리고 다가가야 해.'"

메리는 암을 앓은 노파의 얘기를 이어갔다.

"그분은 어린 시절 아버지에게 들은 얘기를 믿었어요. 아버지가 어느 날 숲에 사냥을 나갔는데 다친 곰이 데블스 클럽을 상처에 대고 있었다는 이야기였죠."

나는 메리가 소개해준, 인디언 가족이 운영하는 B&B에 묵게 되었다. 때마침 시집 간 딸이 고향에 돌아온 터라 그날 저녁에는 친척과 이웃사람들도 초대해 저녁식사를 했다. 나는 자연 속에서 당당하게 살아온 노인들의, 햇볕에 그은 자신감 넘치는 얼굴을 가만히 바라보고 있었다.

바로 그날 바다에서 잡은 20킬로그램에 달하는 왕연어에 입맛을 다시며 사람들은 소박한 저녁을 즐겼다. 아이들이 바로 지난달 싯카의 바다에서 일어난 사건에 대해 말했다.

잘은 모르겠지만, 어느 날 한 남자가 작은 보트를 타고 물고기를 잡으러 바다에 나갔다가 집채만 한 고래를 만났다고 한다. 남자는 어떻게든 피하려고 했지만 고래가 순식간에 보트 아래에서 나타나 꼬리지느러미로 보트를 내리쳤다. 공중으로 날아간 남자는 고래 등 위로 떨어져 한동안 함께 물살을 갈랐다나.

진짜 있었던 일이냐고 묻자 신문에도 실렸다는 대답이 돌아왔다. 뭔가 동화 속 이야기 같다.

하지만 노인들은 그런 이야기를 들으며 딱히 말참견도 하지 않고 그저 온화한 얼굴로 창밖의 바다를 가만히 바라봤다. 마치 그런 일은 예부터 있었던 일이라고 말하는 듯이.

고작 며칠뿐인 짧은 여행이었지만 내 마음은 여유로움으로 가득 차 있었다. 숲도 빙하도 고래도 아주 먼 옛날과 하나도 달라지지 않았다. 그런 풍경이 이 땅에서 살아가는 사람들의 정신 세계에도 신비한 바람을 보내고 있는 듯했다.

싯카는 언젠가 살아보고 싶은, 동경하는 도시다.

알래스카의 여름

내가 사는 페어뱅크스에서는 매주 수요일과 토요일에 시장이 선다. 시민들은 이곳에서 직접 키운 꽃과 채소를 팔 수 있다.

알래스카에서도 꽃이나 채소가 자라느냐며 놀라는 사람이 있을 텐데 채소는 오히려 너무 쑥쑥 자라서 난감할 정도다. 지금은 백야의 계절이기 때문이다. 알래스카의 여름은 따뜻한데다 온종일 해가 거의 지지 않는다. 알래스카 그림엽서 속에 1미터나 되는 초대형 양배추 사진이 자주 등장하는 것도 물론 그런 이유에서 비롯된 것이다.

우리 집 정원도 여름이면 온갖 꽃들이 어우러져 차례차례 피어나는데 아내가 작년부터 베란다 나무상자에서 양상추와 딸기 등을 재배하기 시작했다. 양상추 같은 건 생장 속도가 빨라서 날마다 먹지 않으면 그 속도를 따라가지 못할 정도다.

7월의 어느 날, 첫 딸기 사건이 일어났다. 겨우 익기 시작한 딸기를 하루만 더 기다렸다가 따자고 한 날 아침에 어떤 놈이 벌써 따버린 것이다. 아내의 실망은 상상 초월. 범인(?)이 남긴 유일한 상황 증거는 버섯 한 개였다. 마치 딸기를 훔친 죄를 용

서해달라는 듯이 나무상자 옆에 살짝 놓여 있었다.

아내는 아직 덜 익은 다른 딸기에 희망을 걸었다. 다음 날에는 꼭 먹어야지 하고 기대하면서. 그런데 아침에 또다시 사건이 일어났다. 도대체 이게 무슨 일이란 말인가? 현장에는 전날과 마찬가지로 버섯 한 개가 놓여 있었다.

그런 일이 네다섯 번 반복됐을까? 그때마다 범인은 미안하다는 듯이 꼭 버섯을 남겨놓았다. 아내는 다음 날에 따야겠다는 자신의 속마음을 들킨 것 같다며 한탄했다.

그러던 어느 날 아내는 범인이 딸기를 입에 물고 달아나는 현장을 목격했다. 범인은 바로 우리 집의 숲에 사는 아메리카 붉은 다람쥐였다. 버섯을 따서 집으로 돌아가려고 할 때마다 맛있어 보이는 딸기에 정신이 팔려서 딸기와 버섯을 바꿔 갔던 것이다. 아내가 그랬듯이 즐거운 마음으로 딸기가 익기만을 기다리는 아메리카 붉은 다람쥐의 모습을 상상하니 어쩐지 기분이 이상해졌다.

길고 혹독한 겨울이 있다는 것은 좋은 일이다. 겨울이 없으면 봄소식이나 해가 지지 않는 여름, 또 아름다운 극북의 가을에 대해 이토록 고마운 마음을 느낄 수 없을 것이다. 일 년 내내 꽃이 핀다면 사람들이 꽃에 대해 이 정도로 강렬하게 생각할 수 있을까? 눈이 녹으며 일제히 꽃이 피기 시작하는 것은 식물들이 긴 겨우내 쌓인 눈 밑에서 준비를 완벽하게 마쳤기 때문이다. 사람들의 마음도 어둠 속에 잠긴 겨울 동안 꽃에 대한 사랑을 키우는 것 같다.

　돌고 도는 계절, 끝없는 저편으로 흘러가기만 하는 시간 속에서 우리는 문득 멈춰 설 수 있다. 그 계절의 색이 우리에게 한번뿐인 인생을 살고 있음을 알게 한다.
　겨울을 보낸 후 느끼게 되는 자연의 풍부한 혜택에 대한 강렬한 마음…… 아메리카 붉은 다람쥐도 우리와 똑같이 긴 겨울을 넘겼다.

2.

내가 어디에 있든 모든 것에는
똑같은 시간이 평등하게 흐른다.
생각하면 한없이 심원한 기분이 드는 사실이다.

오로라의 춤

추위로 얼어붙은 겨울밤 하늘에, 소리도 없이, 살아 있는 생물처럼 춤을 추는 차가운 불길…… 오로라는 분주한 일상을 사는 사람들의 발걸음을 잠시 멈추게 한다.

문득 이런 생각이 든다. 오로라를 보는 사람들은 과연 그 빛에 감동하는 것일까?

알래스카로 이주하고 처음 맞는 가을이었다. 나는 어느 조류학자와 함께 북극해의 바닷새를 조사하러 나갔다. 어느 날 밤, 텐트 밖으로 얼굴을 내밀고 보니 북쪽 밤하늘에 한 줄기 빛이 천천히 흔들리고 있었다. 나는 생각지도 못한 그 푸르스름한 빛에서 잠시도 눈을 뗄 수 없었다. 이 땅에서 새로운 여행을 시작하려고 결심한 시기였기에 미지의 세계에 대해 꿈도 많았고 한편으로는 불안하기도 했다. 처음 보는 오로라 빛은 그런 내 마음에 어떤 암시를 주는 것만 같았다.

1914년 어니스트 섀클턴을 대장으로 노르웨이를 출항한 남극탐험선 인듀어런스 호는 항해 도중 난빙 속에 갇혀 좌초하고 만다. 그로부터 6개월 동안 섀클턴과 스물여덟 명의 대원들이 작은 보트로 남극해를 표류하다 살아 돌아오기까지의 그 대단한 여정을 기록한 책을 읽었다. 그들은 극지의 절망적인 상황에서 어둡고 캄캄한 겨울을 보낸다. 그 일기의 내용 중에 어느 날 밤 오로라가 나타나 온 하늘 가득히 춤추는 장면이 있다. 어쩌면 살아 돌아가지 못할 수도 있는 운명 속에서 그들은 어떤 생각으로 그 빛을 바라봤을까? '인간에게 불가능한 일을 이루게 하는 어떤 존재에게 감사를 바치며.' 이 책의 첫 페이지에는 그런 헌사가 들어 있다.

겨울철 알래스카 하이웨이에서 겪은 일이다. 갑자기 나타난 무스를 피하려다 자동차를 깊은 눈 속에 처박은 적이 있다. 영하 40도까지 떨어진 밤이었다. 하늘에는 옅은 오로라가 물결치고 있었다. 때마침 지나가던 사람이 트럭을 세우고 나를 도와주었다. 눈 범벅이 되어가며 작업하는 도중에 그는 "아이가 곧 태어날 거요"라고 몇 번이나 중얼거렸다. 아내가 입원한 페어뱅크스 병원에서 전화를 받고 한밤중에 하이웨이를 달려온 모양이었다. 겨우 차를 끌어올려놓고 그는 환하게 웃으며 다시 페어뱅크스를 향해 달려갔다. 자신의 새로운 생명이 태어나려고 하는 밤에 그 남자는 오로라 빛에서 무엇을 보았을까?

사람은 언제나 무의식중에 자신의 마음을 통해 풍경을 본다. 오로라의 신비한 빛이 말해주는 것은 그 빛을 바라보는 사람의 마음속 풍경 안에 이미 있는 것인지도 모른다.

유수의 속삭임

4월, 반년 동안 얼어붙었던 땅이 햇빛에 점점 녹기 시작하고 봄은 발걸음을 재촉하며 성큼 다가온다. 바삐 움직이는 일상 속에서 사람들은 저마다 봄소식을 생각한다.

날마다 일기예보 말미에 알려주는 오늘의 일조 시간. 어제보다 얼마나 더 길어졌을까? 사람들은 알면서도 매일 그 정보에 귀를 기울이며 안심한다. 동지 다음 날부터 시작되는 겨울철 즐거움 중 하나다. 알래스카의 겨울을 넘기기 힘든 이유는 추위라기보다 지독히 짧은 일조 시간이다. 그래서 해가 점점 길어지는 것을 알면 봄이 다가오고 있구나 하고 실감한다.

어느 봄날, 나는 알래스카 북극권의 들판에서 에스키모 친구와 함께 겨울잠에서 깬 곰을 기다렸다. 그날도 굴 근처에서 빈둥빈둥 시간을 보내고 있었는데, 어느새 눈 위에서 잠이 들고 말았다. 참으로 태평해서 차가운 싸라기눈도 기분 좋게 느껴지는 이른 봄의 따뜻한 오후였다. 한 시간이나 지났을까? 문득 눈을 떠보니 눈밭에서 검은 귀 두 개가 보였다. 뭐지? 하고 생각할 겨를도 없이 연이어 귀 두 개가 나타났다. 어미 곰과 새끼 곰이었다. 한 마리가 기지개를 켜듯이 주위를 둘러보더니 천천히 기어 올라왔다. 이 순간을 며칠이나 기다렸는데, 막상 현실이 되자 나는 그저 놀라고 말았다. 지금껏 이 정도로 봄소식을 알리는 풍경을 본 적이 없었다.

알래스카에서는 언제 봄이 오는지 내기를 하는 축제가 열린다. 반년 동안 얼어붙었던 강이 다시 움직일 시기를 놓고 온 알래스카 사람들이 내기를 하는 것이다. 얼어붙은 강 한가운데에 설치한 커다란 삼각대에 로프를 묶고 그 끝을 강가에 있는 시계에 연결한다. 봄에 강물이 흐르기 시작하면 그 로프가 팽팽하게 당겨져서 시계가 멈출 수밖에 없다. 해빙의 순간은 정말로 멋지다. 아무런 예고도 없이, 겨우내 잠들어 있던 강이 쩍 하는 소리와 함께 수많은 거대한 얼음덩어리로 변하여 일제히 움직인다. 요컨대 알래스카 사람들은 그해의 봄을 알리는 소리가 몇 월 며칠 몇 시 몇 분 몇 초에 들리는지 내기를 하는 것이다. 가장 근접한 사람이 돈을 모두 가져가는데, 1인당 10달러의 소

소한 도박이라고는 해도 당첨되면 금액이 어머어마한 내기다.
사람들은 내기까지 할 정도로 봄을 기다리는 것이다.

사진은 유빙이 떠다니는 북극해를 찍은 것이며 여기서 알래
스카는 남쪽에 있다. 자연이 만들어낸, 극북의 땅이 내보이는
봄의 초현실주의 세계다.

혹등고래의 우아한 춤

해질녘 하늘의 연분홍색이 바다에 완전히 녹아들어 주위는 신비한 색의 세계에 휩싸여갔다. 그 속을 혹등고래 한 마리가 천천히 헤엄치며 나아갔다. 무엇 하나 움직이지 않는 잔잔한 바다에서 고래의 숨소리만이 들려오는 풍경은 이 고래 한 마리를 위해서 준비된 무대 같았다.

그러다 갑자기 고래가 슬로모션처럼 바다 위로 솟구쳐 올라와 공중에서 온몸으로 춤을 추더니 지구의 중력에 몸을 맡긴채 다시 수면으로 떨어졌다. 바다는 폭발했고 정적은 깨졌다. 그러나 고래는 아무 일도 없었던 것처럼 계속 앞으로 나아갔고 풍경도 원래의 고요를 되찾았다.

그 뒤에는 이런 고래의 모습을 바라보는 인간의 부족한 상상력만이 남았다. '고래는 왜 바다 위로 솟구쳐 올라와 공중에서 춤을 추는가?'라는 영원히 답이 나오지 않는 문제. 지금까지 동물행동학적인 관점에서 다양한 해석이 나왔지만 행위 전에 목적이 있을 필요는 없다. 고래는 그저 바다 위로 솟구쳐 오르고 싶었던 건지도 모른다. 그저 바람을 느껴보고 싶었던 건지도.

나와 함께 이 광경을 본 어떤 여성 편집자가 말했다.

"여기에 오길 잘했어. 내가 도시에서 바쁜 나날을 보내고 있는 순간에도 알래스카의 바다에서는 고래가 바다 위로 솟구쳐 올라온다는 사실을 안 것만으로도 좋았어."

십 대 시절 나도 홋카이도에 서식하는 불곰에 대해 그녀와 똑같이 생각한 적이 있다. 그때는 내가 도쿄에서 생활하는 이 순간에 나와 같은 일본 하늘 아래서 불곰이 숨 쉬고 있다는 사실이 매우 신기했다. 생각해보면 당연한 일이지만 그것은 아직 어렸던 내게 세계가 전한 하나의 외침이었을 것이다. 그 일은 처음으로 자연을 생각하게 되는 계기가 되었다.

눈앞에서 헤엄치던 고래는 곧 꼬리지느러미를 보이며 바닷속으로 가라앉았다. 마지막 저녁노을도 점점 힘을 잃고 신기한 세계는 마침내 사라졌다. 모습은 보이지 않아도 저녁 바다의 어딘가에 고래가 확실히 있다는 것을 상상할 수 있었다. 어느덧 풍경도 어둠 속에 가라앉아 하늘 위에 별이 반짝이기 시작했다.

내가 어디에 있든 모든 것에는 똑같은 시간이 평등하게 흐른다. 생각하면 한없이 심원한 기분이 드는 사실이다.

산천에 메아리치는 카리부의 노래

나는 소형 비행기의 프로펠러 소리를 좋아했다. 일본에 있을 때도 하늘에서 세스나의 모습을 발견하면 그 소리에 귀를 기울였다. 그것은 내게 그리운 알래스카의 소리, 즉 기나긴 캠프 생활을 끝낸 나를 데리러 오는 소리였다.

다양한 소리의 기억을 더듬어가면 알래스카 여행이 떠오른다. 마치 오래된 앨범의 페이지를 넘기듯이 먼 기억에 귀를 기울일 수 있다. 카약을 타고 글레이셔 만을 여행할 때 붕괴된 빙하가 힘차게 태고의 기포를 만들어내며 바닷물로 돌아가던 소리. 모습을 보여주진 않았지만 어느 가을날 브룩스 산맥에서 들은 마음속에 스며드는 늑대의 하울링. 남알래스카의 바다 위에 떠돌던 혹등고래의 노래. 오로라가 격렬하게 춤추던 한겨울 얼어붙은 밤의 고즈넉했던 분위기. 그리고 딱 한 번 들은, 10만 마리의 카리부 떼가 베이스캠프를 지나가던 발소리.

알래스카 들판을 떠도는 카리부의 이동에 나는 계속 마음이 끌렸다. 그것은 넓은 공간과 자연이 그 누구를 위해서가 아니라 자신의 존재를 위해서 숨 쉬고 있는 세계임을 언제나 실감케 했다. 이 장대한 여행을 지구상에 남게 할 수 있을 것인가, 인간은 마지막 시험을 치르고 있는지도 모른다. 언젠가 이 들판에서 카리부의 여행이 끝나면 알래스카의 자연은 크게 달라질 것이다.

알래스카 북극권의 어느 더운 여름날 오후였다. 툰드라의 지평선에서 흰 점이 띄엄띄엄 나타나기 시작하더니 곧 한 줄의 선을 이루었고, 그 선이 점점 길어졌다. 카리부 떼는 내 베이스캠프 쪽으로 곧장 향했다. 어미와 새끼 카리부가 서로를 부르는 소리가 들리더니 또 하나의 신비한 소리가 귓속에 울려 퍼졌다. 따각따각…… 그것은 발굽 소리가 아니라 카리부의 유연한 하체 힘줄이 내는 소리였다. 몇천 킬로미터나 이동하는 카리부는 특수한 다리 구조를 갖췄다. 그 소리는 말로 표현하지 못할 만큼 기분 좋은 울림이었다. 따각따각, 카리부 떼 10만 마리가 연주하는 화음에 휩싸였을 때 주위는 시나브로 카리부의 바다였다. 그들이 약 세 시간에 걸쳐 내 베이스캠프를 지나간 후 눈앞에 펼쳐진 툰드라에는 단 한 마리의 카리부도 보이지 않았다.

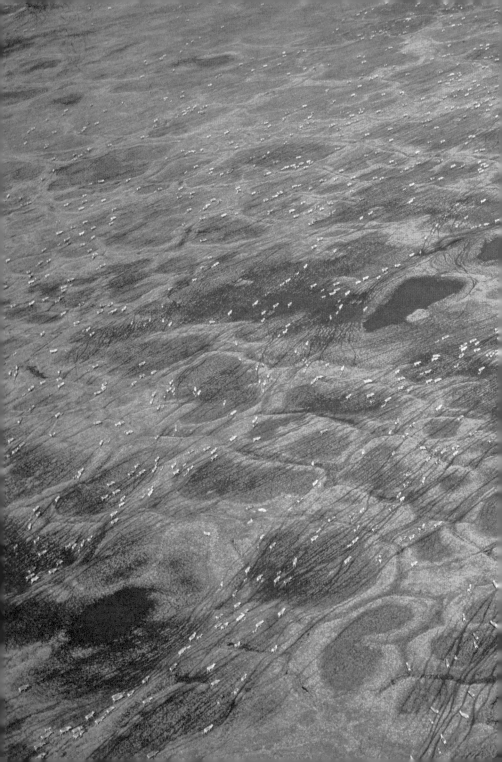

툰드라에 피어나는 작은 생명

툰드라의 수풀 속에 한 번도 본 적 없는, 부리 끝이 새빨간 작은 새가 잠시 멈춰 서 있었다. 도대체 무슨 새일까? 천천히 다가가 보니 선명한 붉은 입술은 지금 막 쪼아 먹은 빨간 크랜베리 열매가 묻은 것이었다.

사시나무나 자작나무 잎이 노랗게 물들고 툰드라의 카펫이 와인색으로 물들면 알래스카의 짧은 가을이 시작된다. 신록의 절정이 딱 하루인 것처럼 단풍의 절정도 고작 하루다. 들판의 가을색은 날마다 깊이를 더해서, 온갖 식물이 만들어내는 툰드라의 모자이크가 형용할 수 없게 아름답다. 쾌청한 날이 이어지다 어느 차가워진 밤이 지나면 다음 날 주위의 풍경이 달라진 것을 깨달을 수 있다. 하룻밤 사이에 가을색이 너무나도 빨리 진행되었다. 겨울의 냄새를 실어오며 북풍이 그림붓처럼 쓱 지나간 것이다.

블루베리와 크랜베리 열매가 익으면 철새는 남쪽으로 긴 여행을 떠나기 위해, 곰은 긴 겨울잠을 자기 위해 그 열매를 부지

런히 먹으며 지방을 비축한다. 북쪽 자연의 혜택은 남쪽과 조금 다를지도 모른다. 그것은 혹독한 환경 속에서 응축되어 순식간에 흩어진다.

어딘지 긴장감이 느껴지는 자연의 혜택이다.

"올해는 블루베리 열매 상태가 어때?"

이것이 이 무렵 알래스카의 인사인 것처럼 사람들도 겨울 생활을 위해서 가을의 혜택을 비축한다.

매일 머리 위를 날아가던 캐나다 두루미 편대도 모습을 감추고 맑게 갠 밤하늘에 오로라가 춤추기 시작하면, 가을색은 어느덧 퇴색한다. 가을은 어쩐지 사람의 마음을 초조하게 만든다.

짧은 극북의 여름이 순식간에 지나갔기 때문일까?

길고 어두운 겨울이 이제 곧 가까워졌기 때문일까?

첫눈이 내리면 각오가 생겨서 마음이 안정될 텐데…… 그리고 나는 그런 가을의 분위기를 좋아한다.

끝없는 저편으로 흘러가는 시간을, 순환하는 계절로 확실히

느낄 수 있다. 자연이란 참, 이해심이 깊은 존재인 것이다. 일 년에 한 번 아쉽게 지나가는 계절을 이 세상에서 몇 번이나 경험할 수 있을까? 그 횟수를 헤아릴수록 인간의 생이 짧다는 사실을 실감하게 된다. 가을은 나에게 그런 계절이다.

무스에게 내리는 눈

첫눈이 내린 날, 쥐 죽은 듯이 조용하게 쌓이는 눈을 바라보며 사람들은 저마다 다른 마음이 들 것이다. 잠깐 지나가는 극북의 여름 동안 사람들은 너무 분주하게 움직였을지도 모른다. 조금 지친 것이다. 그리고 겨울 소식은 무슨 이유인지 사람의 마음에 기분 좋은 단념을 심어준다. 그것은 어딘지 비가 오는 날 집에 있을 때 느끼는 마음과 닮았다. 이제부터 길고 어두운 계절이 시작될 텐데 첫눈을 보고 마음이 평온해지는 것은 그런 까닭이 아닐까?

그리고 눈은 참으로 따뜻한 존재다. 생물들은 생존을 위해서 눈에 적응했고 또 생존하려면 눈이 필요했다. 담요처럼 땅을 덮어주는 눈이 없으면 그 밑에서 겨울을 넘기는 대부분의 동물들은 혹한의 겨울을 살아낼 수 없다.

겨울의 따뜻한 온기는 우리 마음에도 전해진다. 무기질의 하얀 세계는 사람의 마음에 불을 밝혀 희미한 상상력까지 내어준다. 눈이 없는 겨울의 경치만큼 추워 보이는 것은 없지 않을까?

쉴 새 없이 쏟아져 내리는 눈 속에서, 홍방울새가 작은 몸에 눈이 쌓이는데도 가문비나무 가지 위에 가만히 앉아 있는 모습을 보았다. 모든 것이 얼어붙은 영하 50도의 세계에서 지저귈 수 있는 이유는 무엇일까? 눈 속에 꼼짝 않고 앉은 그 모습에서, 여름의 빛을 받으며 하늘을 나는 모습보다 훨씬 더 강력한 생명의 분위기가 느껴졌다.

겨울의 도래는 이 북쪽의 땅을 찾아와 살고 있는 사람들을 공평하게 시험한다. 대부분의 사람들이 이 계절을 기점으로 매년 이곳을 떠나간다. 그것은 생물들 또한 예외가 아니다. 겨울은 여름을 살아남은 생물들에게 가차 없이 선을 그으며 약해진 존재를 탈락시킨다. 사람은 떠나면 되지만 생물들에게 그것은 죽음을 의미한다.

11월의 어느 날, 눈 속에서 가만히 있는 무스를 봤다. 번식기의 한 달 동안 아무것도 먹지 않고 싸움에 몰두하는 수컷 무스는 몸무게가 약 20퍼센트나 줄어드는데 이런 혹독한 상황 속에서 극북의 겨울을 맞이한다. 생물들은 어떤 마음으로 첫눈을 맞이할까? 이제 곧 떨어질 것 같은 무스의 뿔 위로 조용히 눈이 내려 쌓이고 있었다.

1년의 절반을 차지하는 알래스카의 겨울은 눈의 세계다. 사람도 동물도 식물도 눈과 관계를 맺으며 이 땅의 겨울을 살고 있다. 다시 봄이 올 때까지, 자신의 존재를 증명이라도 하듯이 한결같은 삶을 지속해나간다. 그런데 눈이 내리는 풍경은 왜 언제나 고요한 걸까? 눈이 내리는 세계가 고요한 것은 사람의 마음이 그러해서가 아닐까?

머나먼 시간을 넘어서

　누군가가 '바람은 믿을 수 없이 부드러운 진짜 화석이다'라고
했던 말이 기억난다. 우리를 둘러싼 대기는 아득히 먼 옛날부터
수많은 생물들이 내쉰 숨을 품고 있기 때문이다. 그 날숨은 '말'
로 바꿔도 좋을 것이다. 바람에 휩싸였을 때, 그것은 오래된 이
야기가 어딘가에서 불어온 것이라고 한다.

　곰 연구자인 친구와 남서알래스카 산에서 지냈을 때의 일이
다. 우리는 겨울잠에 들어갈 준비를 하는 곰을 조사했다. 친구
는 10년 전 곰의 습격을 받았는데 불의의 사고로 한쪽 눈까지
포함해서 얼굴의 반을 잃었다. 구사일생으로 목숨을 건진 그는
여러 생각을 거친 끝에 다시 곰 연구에 몰두하기 시작했다. 연
구 주제는 '인간과 곰의 공존'이었다. 눈 내리는 어느 날 밤 난롯
불 앞에 둘러앉아 나는 그의 자연관에 귀를 기울였다.

　"동물의 뇌라는 것은 끝없는 시간을 들여서 쓴 한 편의 책이
라고 생각해. 그 속에는 지금까지 그 종種이 살아온 몇만 년, 몇
억 년이라는 역사가 전부 들어 있어. 물론 인간에 대해서도 한

구석에 기록되어 있을 거야. 계속 관계를 맺어왔으니까. 그러니까, 자연이 계속해서 파괴되고 생물의 종이 조금씩 사라져간다는 것은 인간이 자신들에 대해 알 수 있는 도서관에서 책을 한 권씩 잃는 것과 같아."

　그 부근에 매년 수많은 연어들이 거슬러 올라오는 강이 있었다. 나는 여름이 되면 그 강에서 연어를 잡았고, 나와 마찬가지로 수많은 곰들도 먹잇감을 구하러 그곳에 모습을 드러냈다. 꾸불꾸불한 강가에 기분 좋은 초원이 있어서 나는 매번 같은 장소에 베이스캠프를 쳤다. 초원은 규칙적이고 완만한 기복이 있어서 볼 때마다 언제나 신기했다. 어느 날 그 강에 온 사람이 자갈을 깎아 만든 화살촉 같은 것을 보여주며 내게 말했다.

　"당신이 캠핑하는 장소는 먼 옛날 이 땅에 살았던 사람들의 주거지입니다. 당신이 연어를 잡기 위해 이 장소를 선택했듯이 그들도 당신과 똑같이 생각했어요."

인간을 포함해 눈앞에 있는 모든 존재는 머나먼 시간을 넘어서 지금 이곳에 있다. 생물의 씨앗에 숨겨진 세계를 상상할 때, 먼 옛날 사람들이 살던 곳에 텐트를 쳤다는 사실을 알게 될 때면, 잊고 있던 어떤 연속성을 깨닫게 된다. 희미한 바람이 불어올 때도 그러하다.

알래스카 산맥의 겨울_자연의 맹위

알래스카는 미국인에게 멀게 느껴지는 땅이다. 캐나다가 중간에 있는 탓에, 독립해서 존재하는 지도상의 거리가 유달리 멀기 때문만은 아니다. 예를 들어 보수적인 동부인들은 대부분 알래스카를 미국 땅이라고 생각하지 않는다. 그런 곳에 사람이 사는 이유도 이해할 수 없을 것이다. 그럼에도 불구하고 알래스카는 사람들이 동경하는 땅이기도 하다.

이 땅은 오는 사람을 마다하지 않기에 다양한 사람들이 저마다 꿈을 안고 알래스카에 온다. 하지만 가혹한 자연은 이내 사람들을 가려내어, 어떤 이는 떠나고 어떤 이는 뿌리를 내린다. 사람들을 걸러내는 기준은 바로 겨울이다.

영하 50도까지 떨어지는 추위, 해가 모습을 드러내지 않는 기나긴 저녁 시간, 그와 더불어 집 안에 갇힌 생활…… 젊은 시절 알래스카에서 살다가 노년에 남쪽으로 돌아가는 사람들 역시 이 혹독한 겨울을 넘기지 못하기 때문일 것이다.

페어뱅크스에 사는 친구 중에 알래스카의 개척 시대를 부시파일럿으로 살아온 지니 우드라는 여성이 있다. 이미 일흔을 훌쩍 넘겼다. 어느 눈 내리는 날, 근처 숲으로 크로스컨트리 스키를 타러 나가는 그녀에게 나는 문득 알래스카의 겨울에 대해 묻고 싶어졌다.

"지니, 지금도 알래스카의 겨울이 좋아요?"

"으음…… 역시 그럴 거예요."

그녀는 조금 부끄러워하며 고개를 끄덕였다. 나는 과연 어떨까? 언젠가 나이가 들었을 때 나는 지금처럼 알래스카의 겨울을 좋아할 수 있을까?

혹독한 겨울 속에서도 누군가는 아름다움을 본다. 어둠이 아니라 빛을 보려고 한다. 잔뜩 긴장된 엄동설한 속의 눈 덮인 세계, 달빛 어린 밤, 하늘에서 춤추는 오로라…… 그리고 무엇보다 가혹한 계절이 품고 있는 희미한 봄의 기운. 그것은 희망이라고 불러도 좋을 것이다. 그렇기에 사람은 또 겨울을 넘기는 것일지 모른다.

분명히 똑같은 봄이지만 모든 사람이 다 똑같은 기쁨을 느끼는 것은 아니다. 기쁨의 크기는 각자가 넘긴 겨울의 모습에 달려 있기 때문이다. 겨울을 제대로 넘기지 않고서야 봄의 실감은 아득히 멀다. 그것은 행복과 불행의 이상적인 모습과 어딘지 닮았다.

흰올빼미의 새로운 가족

벌써 몇 년이 지났을까? 봄이 되면 알래스카 북극권 툰드라에서 흰올빼미를 끊임없이 찾아다녔다. 걷고 또 걸어도 달라지지 않는 풍경. 그저 광활하게 펼쳐진 툰드라에서 이 새 한 마리를 만나기란 결코 쉬운 일이 아니었다. 열심히 쌍안경을 들여다봐도 도무지 흰 점 하나 찾을 수 없었다.

흰올빼미는 극지에 사는 거대한 올빼미다. 날개를 펼치면 약 1.5미터. 올빼미류는 야행성이지만 이 흰올빼미만은 다르다. 여름철 알래스카 북극권에는 밤이 없기 때문이다.

1988년 6월, 북극해로 흘러드는 콜빌 강 유역에서 흰올빼미 둥지를 발견했다. 그토록 오랫동안 만나고 싶었던 상대는 툰드라에서 흔히 볼 수 있는 30센티미터 정도 되는 작은 언덕 옆에 알 네 개를 낳아놓았다. 그런 줄도 모르고 걸어가던 내가, 모르는 사이에 어미 새를 둥지에서 떠나게 만든 모양이다. 주위를 둘러보니 툰드라의 저 멀리에 흰 점 하나가 보이는 게 아닌가. 얼른 그 자리를 떠나야 했다. 알이 식어버리기 때문이다.

서둘러 배낭을 내려놓고 카메라를 꺼냈다. 사진을 찍어두고 싶었다. 알래스카를 여행하게 된 후로 줄곧 꿈에 그리던 흰올빼미의 둥지를 발견했으니까.

그런데 그 순간 갑자기 등에 강한 충격이 전해졌다. 허리를 굽히고 있던 나는 엉겁결에 균형을 잃었다. 도대체 무슨 일이 일어난 걸까? 크고 흰 날개가 눈앞에서 공중으로 날아오르는가 싶더니 한 바퀴 돌아 방향을 바꾸고 다시 이쪽을 향해 돌진해 왔다. 노랗고 커다란 두 눈동자를 부릅뜬 올빼미가 나를 뚫어져라 노려보고 있었다. 두 번째 공격을 가까스로 피한 나는 둥지에서 멀리 떨어졌다. 스웨터 아래로 손을 넣어 등을 만지니 손이 피로 물들었다.

일주일 뒤 블라인드를 설치하고 촬영을 시작했다. 가릴 것이 전혀 없는 평평한 툰드라 벌판에 파란 블라인드만 툭 튀어나와 있었다. 흰올빼미가 어떻게든 블라인드에 익숙해지기를 바랐다. 둥지에 웅크리고 앉아서도 처음에는 이쪽만 꼼짝 않고 바라보던 어미 새도 점점 안정을 되찾았다.

나는 지름 20센티미터 정도 되는 블라인드 창으로 약 한 달 동안 둥지에서 생활하는 흰올빼미의 행동을 지켜봤다. 알 네 개는 무사히 깨어나 새끼들은 어미 새가 물어오는 레밍을 먹으며 부쩍부쩍 자랐다.

어느 날 아침 블라인드의 작은 창으로 밖을 내다보니 텅 빈 둥지와 끝없이 펼쳐진 알래스카 북극권의 광활함만이 남아 있었다.

평온한 봄날에

몸에 스며드는 태양의 온기. 머리카락을 기분 좋게 적시며 반 년 만에 내리는 비. 향기로운 흙냄새. 그리고 뉴스를 통해 알게 된 유콘 강의 해빙. 드디어 알래스카의 긴 겨울이 끝났다.

이른 봄 어느 날 목수인 잭이 아이들을 데리고 우리 집 정원 의 꽃밭을 보러 왔다. 2년 전 가을, 우리는 이 숲에서 겨울의 기 운을 느끼며 이곳에 어떤 집을 지을 것인지 이야기를 나눴다. 먹이를 굴로 운반하며 겨울 준비를 하는 아메리카 붉은 다람 쥐의 경계음이 끊임없이 가문비나무 사이로 울려 퍼졌다. 나는 이 숲의 침입자였다. 그것이 벌써 먼 옛날의 일처럼 느껴졌다.

애끓는 심정으로 나무 몇 그루를 베어서 쓰러뜨리고 그곳에 집을 지어 나는, 이 알래스카 땅에 뿌리를 내렸다. 사계절이 순 환했고, 나무 그루터기 주위에 뿌린 꽃씨는 빛과 물을 얻어 꿈 틀대더니 어느샌가 쑥쑥 자랐다. 꽃밭에서 떠들며 돌아다니는 잭의 아이들도 잠깐 못 본 새에 훌쩍 자라 있었다.

찍찍찍찍…… 소리가 들려 올려다보니 아메리카 붉은 다람쥐 가족이 가문비나무 꼭대기에서 나무줄기를 타고 내려왔다. 태어난 지 얼마 안 됐을 것이다. 작은 아메리카 붉은 다람쥐가 다시 어린 새끼를 데리고 뛰어다녔다. 처음 이 숲에 온 날 우리를 경계하던 다람쥐와 같은 녀석일까?

마른 나뭇가지를 모으며 해질녘의 가문비나무 숲을 걸었다. 축축한 대기가 부드럽고 따뜻했다. 숲의 바닥 곳곳에 딱딱하게 굳은 채 굴러다니는 무스의 겨울 똥이 떨어져 있었다. 혹독한 겨우내 먹이를 구하러 이 숲을 몇 차례 지나간 것이 분명하다.

그러나 지금은 이미 신록의 계절이다. 버드나무의 새싹은 분명 무스의 똥에 수분을 듬뿍 공급할 것이다. 숲속 어딘가에서 새끼를 데리고 다니는 무스를 만날 날도 머지않았다.

아이들의 웃음소리를 남기며, 저녁 해가 뉘엿뉘엿 지는 가운데 잭의 가족이 집으로 돌아갔다. 꽃밭에는 그늘이 드리워졌고 집에 비친 나무의 그림자도 서서히 사라졌다. 한없이 따뜻한 풍경이다.

해가 지려고 하는 하루의 끝, 순환하는 계절, 사람의 일생, 그리고 위대한 자연의 질서. 이것들은 지금까지 계속 이어져왔고 앞으로도 이어져갈 것이다. 끊임없이 반복되는 이 단순한 일상은 우리에게 심원한 느낌을 준다.

따뜻하고 평온한 봄날에 느끼는 것은 희망에 대한 희미한 조짐이다.

3
.

아름다운 무덤 주위에 피어나기 시작한 극북의 작은 꽃들을 바라보니
유기물과 무기물, 아니 삶과 죽음의 경계마저 흐릿해짐을 느낀다.
모든 것이 태어나 변화하며 끝이 없는 여행을 하고 있다는 생각이 든다.

자연의 속삭임

알래스카에 살기 시작하고 열여덟 번째 맞는 겨울이 지나려고 한다. 수많은 선택이 있었을 텐데 나는 왜 지금 이곳에 있을까? 인생은 한 번뿐인데 왜 A가 아니라 B의 길을 걷고 있을까? 누구든 그런 생각을 하지 않고 하루하루 살다가, 우연한 순간 그 신기함에 대해 생각하는 경우는 없을까?

3월 어느 날 아침, 추위에 잠이 깨어 난롯불을 지필 장작을 가지러 밖으로 나갔다. 아득히 먼 지평선 위로 드러난 알래스카 산맥에서 이른 봄의 태양이 떠오르려 하고 있었다. 어두운 겨울이 밝아지며, 까맣게 잊고 있던, 태양을 사랑한다는 기억을 일깨웠다. 우연한 순간이란 예를 들면 그런 때다.

이 땅에 처음 발을 디딘 스무 살 무렵에 느꼈던 알래스카의 자연은 이런 식으로 다정하게 말을 걸어오지는 않았다. 아마 나도 긴장해서 온 힘을 다해 정면으로 맞섰을 것이다.

어느덧 세월이 흘러 집을 짓고 이 땅에 완전히 뿌리를 내리자 풍경이 다른 말을 건네기 시작했다. 인간, 동물, 계절 사이를 지

나가는 바람까지도 자연이라는 하나의 태피스트리 안에 엮인 각각의 실처럼 느껴졌다. 들판에서 만나는 곰의 생명이 나의 짧은 일생과 어딘가에서 얽혀 있다.

아이에서 어른으로 성장해 이윽고 늙어가는 인간 각자의 시대를 향해 자연은 다양한 말을 걸어오는 듯하다. 그 말을 집중해서 듣는 동안 나도 모르게 18년이라는 시간이 지났다.

분명, 우리에게는 많은 선택이 없을지 모른다. 사람들은 저마다 가야 할 곳에 도착할 뿐이다.

자연은 언제나 강인함 뒤에 연약함을 감추고 있다. 나는 생명이 지니는 그 연약함에 끌린다. 알래스카 대지는 잊고 있던 인간의 연약함을 슬쩍 일깨워준다. 그것이 지금의 나에게 들리기 시작한, 자연이 보내는 희미한 목소리다.

오로라

　꽁꽁 얼어붙은 겨울의 한밤중에 일본에 있는 친구에게서 전화가 왔다. 한참 이야기를 나누다 갑자기 화제가 바뀌었다.

"지금 오로라가 나타났어."

"진짜야?"

"꽤 격렬하게 움직이는데? 너한테 보여주고 싶다."

"그렇군……"

　친구의 말이 일순 끊겼다.

　북쪽 하늘에서 나타난 한 줄기의 빛은 바람에 날린 것처럼 흔들리기 시작했고 어느덧 온 하늘에 퍼졌다. 시시각각 변하는 빛의 띠는 커튼이 되었다가 다시 토네이도가 되었다가 하며 어두운 밤하늘에서 춤을 추었다. 잠시 보고 있어야지 생각했는데 마침 친구의 전화가 걸려온 것이었다.

　내가 사는 극북의 도시 페어뱅크스는 북위 65도에 자리하며, 경도로 봤을 때 오로라가 가장 잘 보이는 곳이라고 한다. 이 도시의 사람들에게 오로라는 보기 드문 현상이 아니었다. 그런데도 온 하늘을 살아 있는 생물처럼 날뛰어 다니는 차가운 불길에 우리는 발걸음을 멈추게 된다. 뭔가 위대한 존재에게 마음을 빼앗긴다.

예전에 겨울 산에서 홀로 오로라를 본 적이 있다. 너무나도 강렬하게 눈밭에 반사된 빛으로 주위가 순간 낮처럼 환해졌었다. 그것은 아름다움이라기보다는 두려움을 느끼게 하는 경험이었다.

에스키모 민화에서도 오로라는 불길한 징조로 간주되었다. 그들은 빛이 지상에 내려와 아이를 낚아채 간다고 믿었다. 일찍이 오로라가 무엇인지 몰랐던 에스키모에게는 그 빛은 어쩐지 불길해 보였다. 아름답게 느낄 리가 없었다.

전화를 건 친구의 목소리가 끊긴 것은 수화기 저편에서 뭔가를 상상했기 때문일까? '내가 일본에서 살아가는 지금 이 순간, 알래스카에서는 오로라가 춤추고 있다.' 그것은 당연하면서도 참으로 심원한 일일 것이다.

우리는 두 개의 시간을 가지고 살아간다. 달력이나 시계바늘로 새겨지는 분주한 일상과 또 하나는 막연한 생명의 시간이다. 만물에 평등하게 똑같은 시간이 흐르고 있다는 것…… 그 신비함이 우리에게 또 다른 시간을 느끼게 하고, 매일의 일상에 아득히 먼 시점을 제공해주는 듯하다.

빙하

발아래 펼쳐진 풍경에 대해 알려주는 기내 방송이 흘러나왔다. 옆에서 자고 있는 비즈니스맨인 듯한 남성은 깨어날 기미가 없다. 조금 전까지 서류가방 속의 워드프로세서를 두들겨댔으니 분명 피곤하겠지. 안타까운 마음에 그를 깨우고 싶은 충동에 사로잡혔다.

알래스카 항공을 타고 앵커리지와 주노 사이를 날아갈 때 나는 반드시 창가 자리를 잡는다. 남알래스카 해안선에 펼쳐지는 대빙하지대를 바라볼 수 있기 때문이다. 해질녘의 빛을 받으며 로드아일랜드 주의 넓이에 필적하는, 바다와 같은 겨울의 맬러스피나 빙하가 다가왔다. 그야말로 장대한 얼음의 세계였다.

마지막 위스콘신 빙하기, 북아메리카의 절반은 두꺼운 얼음으로 뒤덮여 있었다. 태평양 쪽의 코르디예라 빙상과 대서양 쪽의 로렌타이드 빙상이었다. 물이 빠진 베링 해의 초원 '베링기아'를 지나 북방아시아에서 건너온 몽골로이드는 이 두꺼운 빙벽에 가로막혀 수천 년 동안 알래스카에서 더 이상 앞으로 나아갈 수 없었다. 하지만 지구 온난화가 서서히 빙상을 축소시켜, 약 1만 2천 년 전 두 개의 빙상 사이에 무빙無氷 회랑이라고 불리는 길이 나타났다. 몽골로이드는 그 길을 통해서 남쪽으로 퍼져나갔다고 한다.

창밖에 펼쳐진 빙원은 그 코르디예라 빙상의 흔적이다. 빙하기도, 매머드를 쫓아 베링기아를 건넌 몽골로이드의 이동도 먼 옛날의 일이 아니다. 1만 몇천 년이라는 과거는 인간의 일생을 거듭 거슬러 올라간다면 고작 백 대 전에 살았던 우리 조상에 대한 이야기다.

빙하기의 모습은 인간이 거쳐온 역사를 되돌아보게 한다. 한 세기의 끝을 맞이하여 다음 시대가 보이지 않는 지금, 빙하는 단순히 아름다운 풍경이 아니라 인간이 가야 할 길을 슬며시 묻는다. 창밖으로 내려다보이는 빙하의 반사광이 눈부셨다. 환상 속에서 몽골로이드 무리가 빙원 저편의 무빙 회랑을 나아가고 있었다.

어미 곰과 새끼 곰

곰 연구가인 친구 존에게서 전화가 걸려왔다.

"내일이야! 알래스카 야생생물국 앞에 아침 여덟 시까지 와."

존은 매년, 페어뱅크스 주변에서 겨울잠을 자는 흑곰에 대해 조사를 해오고 있다. 여름내 발신기를 달아놓고 그 신호를 따라 흑곰이 겨울을 나는 굴을 찾는 것이다. 나도 몇 번이나 이 조사에 참여했는데 올해는 그중 한 마리가 새끼 곰과 함께 있는 모양이었다. 그것도 마을 근처 교외에.

스노 슈즈를 신고 꽁꽁 언 타나나 강을 건너, 눈이 쌓인 건너편 강가의 숲속으로 들어가니 삐삐거리는 신호음이 점점 강해졌다. "저 눈 밑에 있나 봐." 존이 작은 목소리로 속삭이며 눈앞의 설면을 가리키자 엄지만 한 숨구멍이 보이는 게 아닌가.

우리는 쌓인 눈을 삽으로 신중하게 파헤쳤고 큰 구멍이 나타나자 긴장했다. 존이 안을 들여다보며 재빨리 마취 주사를 놓았는데, 어미 곰이 앞발을 휘두르며 위협한 모양이었다. 깜짝 놀랐을 것이다. 존 말고 곰 말이다. 반년 가까이 조용히 자고 있는데 갑자기 빛이 들어 인간의 얼굴이 다가왔으니 오죽했을까?

오 분 정도 지나 마취 효과가 나타난 것을 확인한 후 손전등을 비추어 다시 한 번 어두운 굴속을 들여다봤다. 작년에 태어난 새끼 곰 두 마리가 어미 곰에게 안겨 잠들어 있었다.

작은 공간에 가만히 웅크리고 누워 봄을 기다리는 곰이 미치도록 사랑스러웠다. 여름날 곰이 들판을 걸어가는 모습에서보다 훨씬 더 강한 생명력이 느껴졌다.

우리는 어미 곰과 새끼 곰의 몸무게를 재고 혈액 샘플을 채취하여 건강 상태를 확인한 후 원래 있던 굴속으로 되돌려놓았다. 그리고 아무 일도 없었던 듯이 눈을 덮었다.

어느 이른 봄날, 누군가 이 숲을 크로스컨트리 스키로 달려지나가겠지. 그 눈 밑에서 곰 가족이 가만히 봄을 기다리는 줄도 모른 채…… 나는 그 두 장면을 하나의 풍경으로 상상할 수 있었다.

봄

이제 곧 유콘 강이 겨울잠에서 깨어난다. 반년 동안 꽁꽁 얼어붙어 있던 강이 어느 날 펑 하는 폭발음과 함께 쩍 하고 갈라져서 일제히 움직이기 시작한다. 팽팽하게 긴장된 계절의 마지막 실이 더는 버티지 못하고 끊어지는 것처럼…… 강가에서 그 순간을 본 적이 있는데 봄소식을 알리는 그 소리를 지금도 잊을 수 없다. 지상은 봄기운이 완연해졌지만 유콘 강이 흐르지 않는 한, 사람들의 마음속에서 아직 겨울은 끝나지 않는다.

우리 집 정원에 쌓여 있던 눈도 완전히 녹아서 반년 만에 맡는 흙냄새가 향기로웠다. 아직 축축한 지면에, 굴러다니던 무스의 겨울 똥이 흩어져 있었다. 나도 모르는 사이에 그 거대한 무스가 우리 집 정원을 지나간 모양이다.

오래된 자작나무 한 그루가 2월에 큰 눈보라로 쓰러졌다. 아니, 오래됐다기보다 이미 오래전에 죽은 나무였다. 나뭇가지도 없이 앙상한 줄기만 시든 채 서 있는 나무였지만 마음이 썩 좋지 않았다. 지상에서 2미터 정도 되는 높이에 작은 구멍이 뚫려

있었고 그 속은 아메리카 붉은 다람쥐가 매년 출산하여 새끼를 키우는 둥지였던 것이다.

　지상에 쓰러진 그 나무를 매일 바라보다가, 난로 장작으로 사용하기에 앞서 그 줄기를 잘라 다람쥐 굴속을 들여다보고 싶어졌다. 어떻게 추위를 버텼을까? 가문비나무 가지와 마른 풀이 깔려 있을까? 그 작은 굴 안쪽의 모습이 오랫동안 궁금했다.
　나무를 톱으로 조심히 잘라내자 속은 완전히 동굴처럼 되어 있었고 둥지는 줄기 저 아래에 있는 듯했다. 손전등을 비춰보니 이게 뭐야? 그 아래에 깔려 있는 것은 다름 아닌 우리 집 통나무 사이에 채워넣은 단열재가 아닌가.

　이제 곧 사람들의 마음에 유콘 강이 봄을 알리는 소리가 들려올 것이다. 아메리카 붉은 다람쥐는 새 생명을 키우기 위한 거처를 이미 어딘가에서 찾았을까?

유산

앵커리지에서 열린 리페이트리에이션 회의에 참석했다.

'귀환'을 의미하는 리페이트리에이션이란 무엇일까? 19세기부터 20세기에 걸쳐 전 세계의 박물관이 고대의 유적이나 무덤에서 미술품을 수집한 시기가 있는데, 그중에는 연구를 목적으로 한 무수한 유골도 포함되어 있었다. 빼앗긴 선조의 매장품이나 유골을 돌려달라는 에스키모, 인디언들의 바람, 이 지극히 당연한 요구는 시대의 흐름이 바뀜에 따라 리페이트리에이션이라는 이름으로 전 미국의 박물관을 조용히 위협하고 있다.

그날 회의에는 각 박물관에서 온 고고학자들이 참석했고 그중 인디언 장로는 딱 한 사람뿐이었다. 우리는 학문이라는 이름 아래 고대의 무덤을 차례로 파헤쳤다. 하지만 그때 그 장소에 간직된 고대 사람들의 기도는 어떻게 될까? 신비를 밝히는 것이 그토록 중요한 일일까?

예전에 오래된 토템폴이 남아 있는 하이다 인디언의 폐촌을 찾아간 적이 있었다. 일찍이 박물관에서 역사적 유산의 보존을 위해 토템폴을 옮겨 가려고 했을 때 사람들은 썩어 문드러진 채로 두고 싶다며 거절했다. 눈과 바람을 맞으며 세월에 바랜 토템폴은 이끼가 끼고 서서히 자연으로 돌아가려 하고 있었다. 그곳에서 만난 한 인디언의 말을 잊을 수 없다.

"언젠가 토템폴이 사라지고 숲이 밀려올 것이다. 그것으로 충분하다. 그때 이곳은 훨씬 더 영적인 땅으로 바뀔 테니까."

눈에 보이는 사물에 가치를 두는 사회, 눈에 보이지 않는 마음에 가치를 두는 사회…… 리페이트리에이션은 그 두 세계의 충돌이다.

회의에서는 고대의 정의가 무엇이고 언제까지 거슬러 올라가야 하는 것인가에 대한 논의가 이어졌다. 줄곧 잠자코 있던 인디언 장로가 조용히 말을 꺼냈다.

"당신들은 왜 영혼에 대해 이야기하지 않는가? 그 점이 매우 이상하다."

회의장은 찬물을 끼얹은 것처럼 조용해졌다.

루스 빙하

오로라 속에서 별똥별이 떨어졌다. 햐쿠타케 혜성도 확실히 꼬리를 길게 끌며 하늘 위에 있었다. 저녁 빙하의 고요함. 어디선가 눈사태 소리가 들려왔다.

"별똥별을 보다니 난생처음이야."

"빙하 위에 산 그림자가 엄청 뚜렷하게 생겼어. 달빛이 꽤 밝구나."

"햐쿠타케 혜성은 1, 2만 년에 한 번만 볼 수 있는 거야? 그럼 먼 옛날 누군가 이 혜성을 올려다봤을 수도 있겠네?"

"앗, 오로라가 움직였다!"

해마다 3월이 되면 나는 학창 시절 동료와 함께 초등학생부터 고등학생까지 일본 아이들 열다섯 명을 데리고 알래스카 산맥의 루스 빙하에 갔다. 세스나를 타고 무시무시한 암벽과 빙벽이 양쪽에서 다가오는 빙하를 지나 깊은 신설 위에 착륙한 후, 눈을 헤치며 아무도 없는 산장으로 향했다.

그곳은 우주와 대화할 수 있는 신비로운 공간이었다. 4,000~6,000미터 높이의 고산으로 둘러싸인 빙하 위에서 보내는 밤.

캄캄한 하늘에서 살아 있는 생물처럼 춤을 추는 차가운 불길…… 루스 빙하는 바위, 얼음, 눈, 별만으로 이루어진 무기질의 세계다. 온갖 정보의 바다에서 사는 아이들에게 그곳은 완전히 다른 세계였다.

그러나 아무것도 없는 대신, 그곳에는 고요한 우주의 기운이 감돌았다. 빙하 위에서 보내는 조용한 밤, 차가운 바람, 빛나는 별…… 정보가 적다는 것은 어떤 힘을 감추고 있다. 인간에게 상상할 수 있는 기회를 주기 때문이다.

아이들이 분주한 일상으로 돌아가 루스 빙하에 대한 것을 잊는다 해도 그것은 상관없다. 다만 5년 후, 10년 후에 그들에게 어떤 기억으로 남아 있게 될지는 궁금하다. 어떤 경험이 사람 안에서 무르익어 뭔가를 형성하기까지는 조금 시간이 필요하다.

어린 시절에 본 풍경이 마음속에 오래도록 남아 있는 경우가 있다. 언젠가 어른이 되어 다양한 인생의 갈림길에 섰을 때, 사람의 말이 아니라, 언젠가 본 풍경에게 위로를 받거나 용기를 얻는 일이 반드시 있을 것이다.

두개골

남동알래스카의 숲속 동굴에서 3만 5천 년 전의 것으로 추정되는 회색곰의 두개골이 발견됐다. 이를 발견한 젊은 고생물학자는 어린 시절부터 동굴 탐험을 좋아하던 마음이 점점 커져서이 분야로 진로를 정했다고 한다. 알래스카의 깊은 숲에 숨어 있는 동굴에 매료되어 언젠가 무언가를 만날 수 있다고 믿었던 모양이다.

곰의 몸은 자고 있는 자세 그대로 백골이 됐고, 손가락 끝까지 깨끗하게 남아 있었다. 마치 누군가가 올 것을 3만 5천 년이나 기다린 것처럼.

대학교 연구실에서 이 두개골을 관찰하며 한 가지 의문이 머릿속에서 떠나지 않았다. 이 곰이 살았던 시절 알래스카에는, 아니 북아메리카에는 인간이 살고 있었을까?

몽골로이드가 세계로 퍼진 시기는 과연 언제였을까? 그것은 인류사의 큰 주제다. 최근 남아메리카에서 오래된 주거 흔적을 발견했는데 이는 지금까지 몽골로이드가 단순히 북쪽에서 왔다고 정설처럼 믿어온 대륙이동설을 뒤집으려 하고 있다. 또한 빙

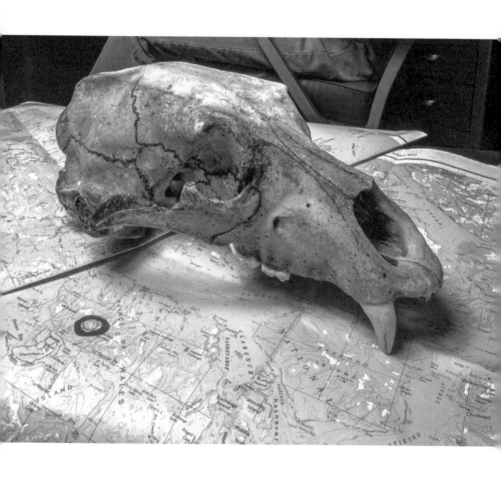

하기에 아시아와 이어지는 육교가 없었던 오스트레일리아에서 3, 4만 년 전의 오래된 주거 흔적이 발견된 이유는 무엇일까?

우리가 상상하는 것보다 훨씬 오래전부터 인간이 대해를 항해할 수 있었다고 한다면 몽골로이드의 여행은 좀 더 자유로운 발상 속에서 생각할 수 있을 것이다. 그리고 최초의 아메리카인은 물이 빠진 베링 해를 건너 북방아시아에서 온 몽골로이드가 아닐지도 모른다. 그보다 더 이전에 인간이 이 대륙에 도착했다고 하면 이 회색곰은 도대체 누구를 바라봤을까?

그러나저러나 뼈는 참 신기한 이야기꾼 같다. 두개골을 넣은 상자를 안고 대학교의 어슴푸레한 연구실 복도를 혼자 걷고 있으니 달그락달그락 아름다운 소리가 상자 속에서 들려왔다. 3만 5천 년이라는 시간을 새기며 아득히 먼 옛날이야기를 건네주는 듯이.

카리부의 여행

지평선 저편에서 나타난 카리부 떼는 마침내 툰드라를 가득 메우고 내가 있는 베이스캠프 쪽으로 곧장 다가왔다. 1만 마리, 2만 마리, 아니 5만 마리는 될까? 정신이 아득해질 만큼 광활한 북극권 안에서 나 홀로 이 광경을 보고 있었다. 어느덧 주위는 낮게 으르렁거리는 신비한 소리에 휩싸였고, 정신을 차려보니 나는 카리부의 바다 한가운데에 있었다.

나는 언제나 내가 너무 늦게 태어났다고 생각했다. 일찍이 아메리카 대평원을 가득 메웠던 버펄로는 사라지고 그들과 함께 살았던 아메리카 인디언도 대지와의 관계를 상실해, 모든 위대한 풍경은 전설이 되었다. 이제 곧 인류는 21세기를 맞으려 하고 있다. 하지만 내 눈앞에서 엄청난 카리부 떼가 몇천 년 전과 다름없이 여행을 계속하는 모습을 보고 있으니 어쩐지 제시간에 맞춰 왔다는 기분이 들었다.

분명히 인간에게는 두 개의 소중한 자연이 있다. 하나는 일상생활에서 관계를 맺는 주위의 자연으로, 평범한 강이나 작은

숲, 혹은 스쳐 지나는 바람에 반짝이는 길가의 풀 같은 것이다. 또 하나는 직접 찾아갈 일 없는 아득히 먼 자연이다. 그런 자연은 그저 그곳에 존재한다는 사실을 생각하는 것만으로도 우리의 상상력이 풍부해진다. 그런 머나먼 자연도 분명 소중하다고 생각한다.

카리부 떼는 베이스캠프를 지나서 마침내 다른 지평선 너머로 사라져갔고 끝없이 펼쳐진 툰드라에는 카리부 한 마리도 보이지 않았다. '바람과 카리부가 가는 곳은 아무도 모른다'라는 극북 인디언의 말이 문득 떠올랐다.

나는 카리부가 사라진 지평선을 바라보며 깊이 감동하는 동시에, 사라져가는 한 시대를 떠나보내는 듯한 쓸쓸함을 느꼈다.
언젠가 이 극북의 땅을 동경하며 찾아온 젊은이도 자신이 너무 늦게 태어난 것을 안타까워하지 않을까?

사냥꾼의 무덤

황량한 툰드라에 고래 뼈가 서 있었다. 얼마나 아름다운 무덤인가. 그리고 나는 이 땅 아래에 잠든 노인을 알고 있다. 로리 킨기크…… 그는 에스키모가 진정한 에스키모였던 시대의 마지막 극북의 사냥꾼이었다.

10여 년도 훨씬 전에 나는 이곳 포인트 호프 마을 사람들과 함께 전통적인 고래 사냥에 나섰다. 바다표범의 가죽으로 만든 작은 '우미악'을 타고 거대한 고래를 쫓다가, 얼음 위로 끌어올린 고래를 에워싸고 기도를 했다. 그리고 해체가 끝난 뒤에 남은 턱뼈를 바다로 되던지며 "내년에 또 와!"라고 외치는 에스키모들. 나는 자연보호나 동물애호라는 말에 끌렸던 적은 없었지만 사냥 민족이 갖고 있는 자연관 속에 소중한 무언가가 존재한다는 것을 느낀다.

세상을 살아간다는 것은 누군가를 희생해서 자신이 살아남는 선택의 과정이다. 생명체의 본질은 다른 것을 죽여, 그것을 먹는 데 있다. 근대사회가 잊어버린 피 냄새, 그것은 슬픔이라는 단어로 바꿔 말할 수도 있을 것이다. 사냥 민족은 그 슬픔을 받아들여야 한다. 그들은 자신이 죽인 생물들의 영혼을 위로하며, 다시 돌아와 희생해줄 것을 염원한다.

문득, 눈앞의 흙 아래 잠든 로리와 10여 년 전에 나눈 대화가 생각났다.

"로리, 평생 고래를 몇 마리나 잡았어요?"

"스무 마리였나, 서른 마리였나. 그런 건 벌써 다 잊어버렸어."

고래와 함께 살아가며 고래와 함께 땅으로 돌아가는 사람들. 베링 해에서 밀려드는 안개가 하늘로 뻗은 고래 뼈를 부드럽게 어루만졌다. 아름다운 무덤 주위에 피어나기 시작한 극북의 작은 꽃들을 바라보니 유기물과 무기물, 아니 삶과 죽음의 경계마저 흐릿해짐을 느낀다. 모든 것이 태어나 변화하며 끝이 없는 여행을 하고 있다는 생각이 든다.

계절의 색

정원의 잔설이 완전히 녹아서 사라지자 어느새 백야의 계절
이 찾아왔다. 바로 얼마 전까지 어두운 겨울을 보냈는데 해가
길어졌는지 벌써 밤이 없어졌다. 정신을 차려보니 5월의 바람이
산비탈을 연한 신록으로 물들이고 있다. 현기증이 날 정도로
알래스카의 계절이 바뀌는 순간.

해질녘에 가까운 숲속을 걸었다. 어린잎으로 덮어씌운 듯한
자작나무와 사시나무. 발밑의 풀숲에는 연보라색 야생 크로커
스의 꽃봉오리…… 매년 돌아오는 계절의 색인데도 나는 언제
나 신기해서 어쩔 줄을 모르겠다.

긴 겨울 동안 나무들의 신록과 꽃들의 선명한 색은 어디에
숨어 있었을까? 식물의 색은 대체 어디에서 오는 것일까? 아니
애초에 자연의 색이란 무엇일까?

얼마 전 좋아하는 염직가인 시무라 후쿠미 씨가 쓴 『말을 거
는 꽃』이라는 책을 읽었는데 이런 내용이 있었다.

나는 점점 '색이 그곳에 존재한다'는 것이 아니라 어딘가 우주 저편에서 비친다는 것을 실감하게 되었다. 색은 보이지 않는 존재의 영역에 있을 때, 빛이었다. 우리는 보이지 않는 존재의 영역에 있을 때, 영혼이었다. 색도 인간도 근원은 하나의 곳에서 비롯된다. 그렇지 않고서야 자연의 색채가 어떻게 우리의 영혼을 기쁘게 할 수 있을까?

나는 계절이 이동하는 순간을 좋아한다. 단풍이 절정일 때가 고작 하루인 것처럼, 맑고 투명한 어린잎이 자라는 계절도 한순간이다. 그저 끝없는 저편으로 흘러가는 시간에, 돌고 도는 계절 속에서 문득 멈춰 설 수 있다. 자연이란 참, 이해심이 깊은 것이다. 앞으로 이 세상에서 각각의 아름다운 계절을 몇 번이나 경험할 수 있을까? 그 횟수를 헤아릴수록 인간의 생이 짧다는 사실을 실감하게 된다. 자연의 색은 우리에게 한 번뿐인 인생을 살고 있음을 깨닫게 해준다.

어느 날 문득 산비탈로 시선을 주니 부드러운 신록이 짙푸른 녹색으로 바뀌어 있다. 알래스카에 또다시 여름이 찾아왔다.

하지

여름이 찾아왔다. 태양이 그리는 포물선이 점점 머리 위로 높이 떠올라서 이제는 거의 저무는 일이 없다. 그렇지만 하지야말로 이 땅에서 생활하는 사람들에게 있어 마음의 분기점이다. 진짜 여름은 이제부터 시작이다. 다음 날부터 짧아지는 일조 시간 때문에 어딘가 먼 곳에 겨울이 확실히 존재한다는 것을 느낄 수 있다. 알래스카 사람들은 언제나 태양의 존재를 확인하며 살고 있는지도 모른다.

하지가 가까워오면 10여 년 전 페어뱅크스에서 백야에 열린 야구 경기가 생각난다. 그해 한국 올림픽 대표 팀이 와서 미국에서도 강하다고 하는 페어뱅크스 팀 '골드패너스'(골드팬이란 강에서 사금을 뜨는 접시를 뜻한다)와 친선 경기를 펼쳤다.

하짓날 저녁에 열린 경기에는 한 가지 규칙이 있었다. 아무리 어두워도 구장 조명을 밝히지 않는다는 것이었다. 그럴 필요가 없을 만큼 백야는 밝다. 그런데 그날만은 왠일인지 페어뱅크스의 하늘이 먹구름으로 뒤덮였다.

경기가 시작된 지 얼마 지나지 않아 한국 팀이 항의를 했다. 어두워서 공이 잘 보이지 않으니 구장을 밝혀달라고 했다. 그러나 페어뱅크스 팀은 하지를 이유로 들어 받아들여주지 않았다. 경기는 재개되었지만 관중도 시선을 집중해야 투수가 던지는 공이나 타자가 친 공의 행방을 겨우 알 수 있었다. 한국 팀이 재차 항의를 했다. 위험하니 조명을 켜달라고. 하지만 하지이기 때문에, 역시 소용없었다. 결국 한국 팀은 경기를 포기하고 돌아갔다. 페어뱅크스 사람들은 그저 덤덤했다.

태양이 그리는 포물선을 바라보며 1년을 보내는 극북의 사람들. 하지는 무엇과도 바꿀 수 없을 만큼 소중한 축제의 날이다. 백야의 경기중에 펼쳐진 어쩐지 낯선 희극 속에 알래스카 사람들이 태양으로 살아가고 있다는, 자연을 향한 기도가 있었다.

해변

해변은 지구가 막 탄생한 먼 옛날, 땅과 물이 만난 장소이자 우리 생명의 드라마가 막을 연 곳이다. 썰물이 빠진 모래밭에 내려가니 그곳에 탄생과 진화를 지금도 반복하는 태곳적 지구의 모습이 있었다.

보름달이 뜬 어느 날 밤, 나는 캐나다 서해안 바다에 떠 있는 퀸샬럿 제도의 다도해를 여행하고 있었다. 아침 썰물 시간에는 섬과 섬 사이의 수로에 물이 다 빠져서 수많은 조개, 불가사리, 성게, 말미잘, 그리고 이름 모를 해변 생물들의 모습이 일제히 드러났다. 육지와 이어진 바위 위에서는 숲속에서 나타난 흰꼬리사슴이 느긋하게 해초를 먹고 있었다. 이 무슨 놀라운 자연의 혜택이란 말인가. 인적 없는 조용한 해변에 가만히 있으니 에덴의 세계…… 문득 그런 말이 머릿속에 떠올랐다.

나는 해변의 나무 그늘에 가려 보일 듯 말 듯한 하얀 것이 궁금해졌다. 다 썩어 너덜거리는 오두막 같았는데, 이곳은 사람이 사는 세계에서 멀리 떨어진 외딴섬이었다. 보트를 태워준 이 지

역 사람에게 궁금증을 내비쳐보았다.

"그 오두막은 뭔가요?"

"옛날에 이상한 청년이 혼자 살았지요. 아무도 만나지 않고 자급자족했다나 봐요."

"이상한 청년이요?"

"베트남 참전용사였다는 말이 있었는데……"

작은 무늬발게가 예쁜 조개 사이를 돌아다녔고 나는 허리를 구부려 잠시 그 행방을 쫓아다녔다. 어느샌가 해변의 구덩이에 희미하게 물이 흐르는 모습이 나타났고 무늬발게는 몸을 물에 담그며 그 속으로 사라졌다. 이윽고 서서히 밀물이 차 들었고 바다는 태곳적과 변함없이 영원한 리듬을 계속 새겼다.

나는 이 해변에서 치유받았을 청년의 마음을 생각했다. 인간이 느낀 슬픔과 영원한 자연. 가까이 오면 되돌아가는 파도의 운율에 사람의 마음이 진정되는 것은 우리 몸의 어딘가에 먼 해변의 기억이 남아 있기 때문일까?

동경

어린 시절 집 근처에 영화 세 편을 동시상영하는 영화관이 있어서 새로운 칼싸움 영화를 언제나 기대하곤 했다.

어느 날 〈샤크 보이〉라는 외국 영화가 개봉했다. 관광 개발로 변모하기 시작한 남쪽 바다 타히티 섬을 무대로, 상어와 친구가 된 원주민 소년 티코와 유럽에서 관광차 방문한 소녀의 아련한 사랑을 그린 이야기였다. 아직 어렸던 나는 그 영화의 배경으로 찍힌 넓고 푸른 남태평양에 마음이 끌렸다. 팸플릿에는 할리우드의 세트장이 아니라 현지에서 촬영한 최초의 자연물 영화라고 쓰여 있던 기억이 난다. 당시 칼싸움 영화만 보던 나는 갑자기 넓은 세상을 볼 수 있었다.

마침내 나는 홋카이도의 자연에 강렬하게 매료되었다. 당시 홋카이도는 먼 곳이었다. 많은 책을 읽었는데 한 가지 어찌해도 마음이 떠나지 않는 것이 생겨났다. 바로 불곰이었다.

대도시인 도쿄에서 전철을 타고 가며 혼잡한 인파 속에서 시달릴 때 문득 홋카이도에 서식하는 불곰이 머릿속을 스쳤다. 내가 도쿄에서 생활하는 그 순간에, 같은 일본 하늘 아래서 불

곰이 숨 쉬고 있다. 확실히 지금 어딘가의 산에서 불곰 한 마리가 쓰러진 나무를 타고 넘어 힘차게 앞으로 나아가고 있을 것이다. 그 사실이 너무나도 신기했다.

생각해보면 당연한 일이지만 십 대 소년이었던 나는 그 점이 자꾸만 마음에 걸렸다. 자연이, 또 세계가 너무나 진기했다. 그 무렵에는 그런 생각을 말로 표현할 수 없었지만 아마 모든 것에 똑같은 시간이 평등하게 흐른다는 사실이 신기했던 것 같다. 그 신기한 느낌은 내가 성장해 살아가고 있는 세계를 상대화해 보는 태도를 갖게 했다.

자연에 대한 동경…… 지금 문득 돌아보면 그런 장면이 떠오른다. 그것이 서서히 부풀어올라 어딘가에서 알래스카로 이어졌으리라.

여행의 끝

알래스카로 이주한 지 10년이 지났을 무렵일까, 친구가 땅을 사서 집을 짓지 않겠냐는 이야기를 불쑥 꺼냈다. 그의 집 옆에 있는 숲이 매물로 나왔다는 것이다.

그때까지는 작은 오두막을 세내어 살고 있었기에 여행을 해도 돌아갈 터전은 있었다. 하지만 그런 식으로 알래스카에서 지내다가는 아무리 오랜 세월이 흘러도 결국 나는 나그네였다. 이 땅에서 살아가는 다양한 사람들의 생활을 접하며 나는 어느 순간부터 자문하고 있었다. '넌 도대체 어디서 살아가려고 하는 거야?' 나는 나그네라는 상황에 어떤 피로감과 허전함을 느끼고 있었다.

'이 땅에서 살아가자.' 그렇게 생각하니 주위의 풍경이 조금씩 달리 보였다. 봄에 남쪽에서 날아오는 철새, 발밑에 핀 꽃들과 주위의 나무들, 아니 불어오는 바람마저 나와 친밀한 관계를 맺기 시작했다. 그 친밀함은 지금이라는 좌표축에 머물지 않고 먼 과거의 시간을 향해서도 이어졌다.

골드러시의 꿈에 이끌려 이 북쪽 끝까지 찾아온 각양의 사람들. 혹은 먼 옛날 알래스카가 아직 여명기일 때 북을 향해 끝없이 항해한 베링이나 쿡처럼 북극 탐험사에 족적을 남긴 사람들. 이 수많은 사람들이 알래스카 자연과 만났고, 꿈이 꺾였고, 좌절했고, 또다시 앞으로 나아갔다. 그리고 이 땅에서 계속 살아온 에스키모와 극북 인디언들…… 그들도 아득히 먼 옛날 마지막 빙하기에 물이 빠진 베링 해를 건너 이 땅에 찾아왔다.

그 끊임없는 관계 끝에 지금 내가 알래스카에서 숨을 쉬고 있다. 어느새 나에게 알래스카라는 땅이 지닌 특수성은 희미해졌다. 이 땅에서 살며 관계를 맺어가기로 결심했다는 사실이 더욱 큰 의미로 다가왔다.

어느 여름의 해 질 무렵, 매물로 나온 숲에서 쓰러진 나무에 걸터앉아 있으니 밑천도 없는데 갑자기 꿈이 부풀었다. 볼을 쓰다듬으며 지나가는 바람이 정처 없는 인생의 불확실성을 알려주었다. 고민하지 마, 마음 가는 대로 나아가!

큰까마귀

토템폴 문화를 구축한 해양 인디언, 하이다족, 클링킷족이 창세 신화의 상징으로 삼은 오래된 큰까마귀 예술품을 보기 위해서 캐나다 밴쿠버에 있는 브리티시 컬럼비아 대학교 인류학 박물관에서 일주일을 보냈다.

어디에나 있는 새인데 최근 몇 년 동안 큰까마귀에 대한 것이 궁금해졌다. 특히 몇 년 전 퀸샬럿 제도를 찾아간 후 그 마음이 더욱 강해졌다. 이제 아무도 없는 해변에서, 사람들이 신화의 시대에 살았던 무렵의 썩은 토템폴을 만났다. 이 세상에 빛을 부여하고 모든 것을 창조했다고 하는 큰까마귀가 희미한 모습으로 남아 이끼 낀 폴에 새겨져 있었다.

사람들이 떠나간 지 백 년도 더 지났는데 나는 그 장소에서 영적인 힘을 느꼈다. 그 기운은 일찍이 큰까마귀 신화 속에 살았던 사람들의 시선이었다. 풍경을 자신의 것으로 삼고 그 땅과 깊은 인연을 맺기 위해, 인간에게는 신화의 힘이 필요했다. 이는 우리가 근대사회 속에서 잃어버린 힘이기도 하다.

머릿속에서 의문이 떠나지 않았다. 큰까마귀 신화가 애서배스카 인디언, 에스키모에게까지 있는 이유는 무엇일까? 그 우연성이 오랫동안 신기하게 느껴졌다. 하지만 그것은 결코 우연이 아닐지도 모른다. 사람들은 큰까마귀 신화를 마음속에 품고 아시아에서 신대륙으로 건너온 것이 아닐까? 큰까마귀야말로 몽골로이드의 수수께끼를 푸는 열쇠가 되지 않을까?

큰까마귀 장식품 촬영이 끝나고 박물관이 문을 닫는 저녁 아홉 시가 가까워지자 내 주위에는 아무도 없었다. 유리창 너머로 해가 저물며 마침내 수많은 별들이 반짝이기 시작했다. 토템폴에 새겨진 곰, 늑대 등의 생물들, 진열장 안에 장식된 큰까마귀 가면이 천천히 되살아나 가만히 나를 바라보았다.

땅다람쥐의 자립

알래스카 매킨리 국립공원에서 있었던 일이다.

면적이 일본 시코쿠 정도 되는 이 공원 안에는 관광객을 위한 방문객 센터가 한 군데 있다. 허허벌판의 한복판을 지나는 외길이 있어서 날마다 많은 관광객들이 이 센터에서 북적인다.

그 주변은 북극다람쥐의 서식지이기도 해서 관광객이 버스에서 내릴 때마다 땅다람쥐가 먹이를 기대하며 달려온다. 사람이 주는 먹이에 완전히 길들여진 것이다. 국립공원의 산림 경비원은 제발 먹이를 주지 말라고 호소하지만 어느 나라 사람들이든 마음이 비슷해서 귀여운 땅다람쥐의 몸짓에 아무래도 마음이 약해지기 마련이다.

그러다 어느 해 기묘한 푯말이 섰다. 왜 기묘하냐 하면 그 푯말의 높이가 10센티미터 정도라서 애써 몸을 구부리고 들여다보지 않는 한 보이지 않았기 때문이다. 내용은 "땅다람쥐들아!"로 시작되었는데, 사람이 아닌 땅다람쥐들에게 주는 경고였다.

"너희들이 그런 식으로 인간이 주는 먹이만 받아먹다가는 몸무게가 점점 불어나 동작이 굼떠져서 언젠가 검독수리나 곰의 먹이가 되고 말 거야."

나는 웃고 말았다. 이게 뭘까 하고 푯말을 읽은 관광객들도 쓴웃음을 지었다. 문득 일본의 동물원에서 곰 우리 안에 사람들이 끊임없이 음식물을 던져주는 광경을 봤던 일이 생각났다. 그곳에 '동물에게 먹이를 주지 마세요'라고 적힌 푯말은 아무런 힘도 없는 메시지였을 것이다. 그런 것은 누구나 알고 있다.

동물에게 무심코 먹이를 주고 싶어지는 것도 자연스러운 마음이라면, 주면 안 되겠다고 느끼는 것도 사람의 순수한 마음이다. 정당한 의견이 힘을 발휘하기란 쉽지 않다. 때로는 여유롭고 소소한 유머가 사람의 마음을 크게 움직인다.

묘지기

내 친구 밥은 묘지기다. 남동알래스카의 싯카라는 도시에서 클링킷 인디언의 묘지를 15년 넘게 지키고 있다.

새로운 시대의 소용돌이 속에서 많은 알래스카 선주민 청년들이 자신을 잃고 술과 마약에 빠져 살았다. 밥도 그들과 같은 길을 걸었고 온 알래스카를 떠돌아다니며 이십 대를 보냈다. 앵커리지 거리에서 부랑자 생활을 한 적도 있었다고 한다.

지칠 대로 지친 밥이 고향 싯카로 돌아온 무렵, 이 도시는 새로운 주택을 건설하려 하고 있었다. 그들은 반세기 넘게 아무도 돌보지 않은, 숲속의 오래되고 황폐해진 러시아인 묘지를 헐었다. 하지만 그곳은 러시아인 묘지로 쓰이기 전부터 1,000년이 넘는 세월 동안 클링킷 인디언의 묘지였다.

공사가 시작되자 파헤쳐진 땅속에서 인골이 나왔고 사람들은 오래된 매장품을 훔쳐 갔다. 밥은 날마다 그 묘지에 찾아와서 풀숲에 버려 흩어진 뼈를 일일이 수습해 땅에 다시 묻었다. 그의 행동은 큰 논쟁으로 번졌고 결국 주택 건설 계획이 백지화됐다.

그 후 밥은 날마다 혼자서 청소를 시작했고 10년이라는 세월을 들여 황폐했던 숲속 묘지를 완전히 정돈했다. 누가 부탁한 것도 아니었고 돈을 받은 것도 아니었다. 하지만 그 시간 동안 밥의 마음은 서서히 치유되어갔다. 밥은 묘지를 정돈하며 조상들의 영혼과 이야기를 나눴다고 했다. 나는 그를 통해서 눈으로 볼 수 없는 세계의 존재를 알게 되었다.

　지금은 싯카에 사는 모든 사람들이 밥을 안다. 과묵하고 옷차림도 신경 쓰지 않고 조금 특이했지만 그와 함께 길을 걸으면 아이들이 "안녕, 밥 아저씨!" 하며 말을 걸었다. 묘지를 지키며 상처 입은 마음을 치유한 밥의 존재가 사실은 사람들의 마음을 치유한 것이 아닐까?
　재생의 길을 찾는 사람들…… 21세기를 앞두고 새로운 시대가 보이지 않는 지금, 그것이 희미한 희망이다.

들판과 대도시

알래스카에서 뉴욕에 간 적이 두 번 있었다.

자정 즈음에 페어뱅크스를 떠나 새벽에 뉴욕에 도착하는 밤 비행기였는데, 시차가 네 시간이나 생기는 탓에 미국의 밤하늘을 열 시간이나 날았다. 창문에 얼굴을 대고 눈 아래 펼쳐진 광경을 내려다보니 알래스카 설원이 달빛을 받고 드러나 얼어붙은 산들과 빙하의 그림자가 선명하게 떠올랐다. 그런 가운데 종종 희미한 불빛이 뜨문뜨문 보일 때가 있었다. 누군가가 들판에서 사는 것이었다.

마침내 시애틀의 대도시 야경이 시야에 들어왔고 그곳에서 시카고를 지나 뉴욕에 도착할 때까지 지상의 빛이 사라지는 일은 없었다. 들판에 뜨문뜨문 떠오르는 집의 불빛에게도, 대도시를 꽉 채우는 야경에게도 나는 똑같은 애처로움을 느꼈다. 인간의 영위가 추상화되어, 우리의 존재가 한없이 무상하게 느껴졌기 때문일 것이다.

뉴욕은 정말로 생동감 넘치게 움직이는 도시였다. 길거리 뮤

지션, 거리의 광대. 센트럴파크에는 트럼프 세 장으로 생활하는 흑인이 있었다. 드럼통 위에 놓인 카드 세 장을 재빨리 움직이며 손님에게 빨간 카드 한 장을 맞히게 했다.

각양의 사람들이 각자의 방법으로 살고 있을 것이다. 알래스카에서 온 나에게는 끊임없이 어딘가에서 경찰차 사이렌 소리가 들려오는 이 대도시의 모든 것이 신선했다.

그렇지만 나는 알래스카와 뉴욕이 어딘지 닮았다는 생각이 들었다. 분명히 둘 다 엄청난 세계라는 점이었다. 알래스카에서는 사람들이 가혹한 자연이라는 세계를 상대하고 있고, 뉴욕에서는 어지러운 인간사회 속에서 매일매일 온 힘을 다해 사람들이 살아가고 있다. 두 곳 모두에 살아가는 긴장감이 있다.

나는 알래스카를 좋아하지만 뉴욕도 좋다.

장로

민토 마을에서 애서배스카 인디언 장로인 피터 존을 만났다. 페어뱅크스에서 남서쪽으로 약 20킬로미터 떨어진 들판에 외따로 있는 정말 작은 인디언 마을이다. 올해 95세인 피터는 조용한 노후를 그곳에서 보냈는데 예전에 타나나족 추장을 오랫동안 맡아 많은 사람들의 존경을 받은 정신적인 리더였다.

인디언 집회에서 그의 연설을 들은 적이 몇 번 있었다. 아이들의 미래, 다음 세대를 염려하는 피터의 강력한 메시지는 내 마음을 사로잡았다. 70년 넘게 함께한 아내 수지와 페어뱅크스로 외출한 모습을 여러 번 본 적이 있는데, 평생을 들판에서 산 두 사람의 모습은 범접할 수 없을 정도로 빛나서 나는 언제나 멀리서 동경하는 마음으로 그들을 바라봤다. 언젠가 두 사람을 만나 오래된 옛이야기를 듣고 싶었다.

그런데 수지가 작년 12월에 갑자기 세상을 떠났다. 깊은 애도의 뉴스가 극북 인디언 마을에 퍼져나갔다. 21세기를 맞이하려는 지금, 인간과 자연이 신비로운 조화를 이루었던 시대를 아는 마지막 이야기꾼들이 하나둘 사라지고 있다.

"뭘 하러 왔는가?" 나를 맞아준 장로의 눈이 다정하게 웃었다. 새로운 시대를 살짝 엿보며 조용히 무대를 떠나려고 하는 장로에게 뭔가 잊은 말이 있는 건 아닐까? 우리가 알지 못하는 소중한 비밀을 아직 이야기하지 않은 것은 아닐까? 나는 말로는 표현할 수 없는 그 답을 찾고 있었다.

피터는 오래된 타나나족의 노래를 부르며 여러 이야기를 민족의 언어로 말했다.

"자네한테 타나나족 말 하나를 알려주지."

"네."

"초우친……"

"초우친?"

"'사랑한다'는 뜻이라네."

나는 수많은 장로들을 만나야 한다. 한시라도 빨리.

4
.

나는 혹독한 자연조건 속에서 혼신의 노력을 다해 살아가려고 하는
알래스카 생명의 모습을 좋아한다.
그것은 강인함과 연약함을 동시에 지닌, 긴장감 있는 자연이다.

무스

1978년 7월. 알래스카로 이주하고 처음 맞는 여름이었다. 나는 혼자 알래스카 중앙부에 길게 자리한 알래스카 산맥의 기슭을 여행하고 있었다. 텐트를 짊어지고 3주치의 식량이 다 떨어질 때까지 하는 첫 촬영 여행이었다. 오랫동안 계획했던 알래스카 생활이 마침내 시작되었다는 사실에 나는 꽤 들떠 있었다.

하지가 막 지난 극북 땅은 해가 지지 않았다. 백야의 가문비나무 숲속을 걸으며 그날 밤 야영할 장소를 찾고 있었다. 텐트, 식량, 카메라 기자재로 꽉 찬 배낭은 30킬로그램이 넘었고 그 무게가 어깨를 파고들었다. 쓰러진 나무에 걸터앉아 담배를 피우며 쉬고 있으니 알래스카에 있구나 하는 실감이 절로 났다. 앞으로 5년 동안 알래스카에 몰두하자고 마음먹었지만 도대체 어디부터 손을 대야 할지 알 수 없었다.

하지만 그런 불안도 다 떨쳐버릴 만큼 주위의 모든 것이 신선했다. 때때로 아메리카 붉은 다람쥐의 날카로운 울음소리가 고요한 숲의 정적을 깨뜨렸다. 뜨거운 커피를 타 마시며 몸을 녹이고 있는데 앞쪽 가문비나무 사이로 거대한 동물이 천천히 움직이는 것이 보였다. 나는 그 동물의 덩치에 압도되어 카메라를 꺼내는 것도 잊은 채 나무숲 속으로 사라져가는 거대한 사슴을 바라보고만 있었다. 그것이 무스와의 첫 만남이었다. 그때부터, 5년에 걸친 무스를 쫓는 여행이 시작되었다.

나는 어렸을 때부터 북쪽 지방의 자연을 막연히 동경했다. 당시 읽은 동물기와 탐험기가 계기였던 것 같다. 특히 동물학자 시턴의 『아주 오래된 북극 *The Arctic Prairies*』은 몇 번이나 탐독했다. 애서배스카 강과 그 지류를 타고 캐나다 북서부에 펼쳐진 미개척 삼림지대로 가는 카누 여행은 나에게 한없는 꿈을 심어주었다. 게다가 여행 도중에 만난 극북의 동물들을 그린 시턴의 그림이 극북의 자연에 대한 동경을 한층 더 뜨겁게 했다.

스무 살의 여름, 나는 오래 소망이던, 알래스카 에스키모와 함께 생활할 기회를 얻었다. 북극권의 작은 마을에 거주하는 에스키모 가족이 나를 돌봐주었고, 나는 그들과 함께 카리부 사냥에 나가거나 북극해에 가서 바다코끼리를 쫓았다.

극지의 사람들과 함께한 생활은 내 마음에 강한 인상을 남겼고 북방의 자연에 대한 흥미를 더욱 자극하여, 그로부터 6년 동안은 알래스카가 머릿속에서 떠나지 않았다. 오히려 내 마음속에서 점점 커다란 존재로 자라났다. 나는 알래스카라는 구분된 지역에 흥미를 느낀 것이 아니라 좀 더 막연히 북극의 자연에 끌렸던 것 같다. 강렬한 추위, 끝없이 이어지는 광활한 침엽수림, 내 꿈을 부풀리기에는 그것만으로도 충분했다. 나는 어떻게든, 극북이라는 자연을 주제로, 사진이라는 수단을 통해 이 땅을 표현해나갈 수 있지 않을까 생각하고 있었다.

대학을 졸업하고 몇 년 동안 사진작가의 조수로 일한 나는 1978년 알래스카로 다시 건너갔다. 5년간의 알래스카 생활은 나에게 다양한 경험을 안겨주었다. 그 땅에 산다는 것은 무엇보다도 그곳의 자연을 찬찬히 살펴볼 기회를 얻는 것이었다. 어느 해에는 반년 가까이를 텐트에서 생활하며 여행했다. 겨울 동안에는 작은 통나무집에서 지냈다. 수도도 없고 장작 난로와 침대뿐인 오두막이었지만 단순한 생활이 진심으로 만족스러웠다. 긴 캠핑에서 돌아와 잠시 이 오두막에 몸을 누이면 다음 캠핑을 위한 힘을 비축할 수 있었다.

북극의 자연이라는 커다란 주제 앞에 당황한 나에게 알래스카는 조금씩 문을 열어주었다. 극북에 사는 동물들에게 흥미를 느끼게 되었고, 특히 1,000킬로미터를 이동하며 알래스카 북극권을 떠도는 카리부, 극북의 숲속에서 고고하게 살아가는 세상에서 가장 큰 사슴, 무스에 매료됐다.

나는 혼자 무스를 찾아 사계절에 걸쳐 알래스카 벌판을 헤매 다녔다. 대부분의 경우 베이스캠프를 설치하고 그곳에서 한 달 가까이를 보냈다. 주로 알래스카 산맥 기슭에 베이스캠프를 쳤는데 이곳은 겨우내 깊은 눈 속에 갇혔다. 스키와 스노 슈즈를 이용해서 겨울철 무스를 찾아다녔다. 알래스카의 엄동설한에는 캠프 생활이 힘들다. 사람과 만날 일도 없는 그 시기에는 모든 일을 나 혼자 힘으로 해결해야 한다. 사소한 사고가 목숨을 앗아간다. 기자재와 야영도구만 해도 무게가 꽤 나가는 탓에 식량을 많이 챙겨갈 수 없었다. 그래서 내 주식은 쌀, 간장, 가다랑어포뿐이었고, 뜨거운 커피만 있으면 그걸로 만족했다. 그러나 그런 고생을 해가며 촬영 여행을 해도 무스를 보지 못한 경우가 더 많았다. 그렇게 돌아올 때는 배낭의 무게가 두 배로 늘어난 것처럼 어깨를 짓눌렀다. 무스도 보고 촬영까지 성공했을 때에는 자축했다. 예컨대 그날 저녁 반찬 수를 늘리거나 아껴둔 코코아를 마시는 식이었다.

무스를 찾는 여행은 가을이 중심이었다. 발정기가 다가오면 무스의 행동에 변화가 생긴다. 8월 말 툰드라의 녹음이 불타는 단풍으로 물들 무렵 나는 긴 캠핑에 들어갔다. 하지만 교미기의 행동을 포착하지 못한 채 3년이 지나갔다. 나는 가을에 수컷 무스끼리 싸움하는 장면과 교미하는 순간을 꼭 보고 싶었다. 그로부터 2년 동안은 뭔가에 홀린 것처럼 무스를 쫓아 알래스카 산맥을 헤매고 다녔다. 그리고 4년째 되는 해의 가을, 마침내 수컷 무스의 무시무시한 투쟁을 목격했고, 5년째 되는 해의 초겨울에는 꿈에 그리던 교미의 순간을 포착할 수 있었다.

알래스카 벌판에서 이 거대한 무스를 쫓아다닌 5년이라는 시간은 순식간에 지나가고 말았다. 처음 만났을 때보다는 무스와 조금 더 가까워진 듯했다. 무스를 쫓아다니며 나는 다양한 동물들을 만났다. 무스에게 무스만의 드라마가 있듯, 다른 동물들에게도 분명 저마다의 드라마가 펼쳐지고 있는 것이다. 나는 그것을 쫓고 싶다.

가을철 교미기가 다가오면 암컷 무스들은 작은 무리를 이루고 수컷 한 마리가 그 무리를 지킨다. 교미 영역을 만들어서 침입하는 수컷과 싸워 이긴 힘센 수컷 무스다. 그해 나는 8월부터 무스를 관찰했으나 교미 행동을 보지 못한 채 10월을 맞았다. 이미 눈이 몇 번이나 내려서 산은 신설로 덮여 있었다. 활짝 갠 밤에는 그해 가을 첫 오로라가 하늘에서 춤추며 겨울이 다가오고 있음을 알렸다. 5년에 걸쳐 무스의 행동을 관찰하는 동안 나는 아직 교미 장면을 본 적이 없었다.

그날은 아침부터 관찰하던 무스 무리에 변화가 생겼다. 서로를 향해 내던 수컷과 암컷의 울음소리의 간격이 짧아진 것이다. 저녁 무렵 가랑눈이 내리는 가운데 수컷이 갑자기 앞발굽으로 땅에 구덩이를 파기 시작했다. 그러자 어떻게 된 일인지 그때까지 먹이를 먹던 암컷 열한 마리가 일제히 머리를 들고 그 수컷의 행동을 가만히 주시했다. 무슨 일이 일어나려고 했다. 수컷이 구덩이를 판 땅에 오줌을 누기 시작하기가 무섭게 모든 암컷들이 그곳으로 모여들었다. 그리고 앞다투어 그 자리에 쭈그리고 앉아 수컷이 오줌을 눈 곳에 몸을 비벼대기 시작했다. 왈로잉wallowing이라고 하는 교미기의 행동이었다. 발정한 수컷과 암컷이 서로의 체취를 교환하는 효과가 있다고 한다.

이 행동이 교미로 이어지기 쉬워서 나는 마른침을 삼키며 가만히 관찰했다. 암컷들은 그 구덩이에 연달아 들어가 쪼그리고 앉았고, 수컷은 서 있는 암컷의 배뇨기에 코를 대고 냄새를 맡으며 플레멘 반응 같은 행동을 시작했다. 잠시 후 수컷이 암컷 한 마리를 유혹하듯 무리에서 떨어져 나왔고, 두 마리의 무스는 가문비나무 숲속으로 들어갔다. 나는 심장이 크게 고동치는 것을 느끼며, 카메라를 잡고 파인더에 눈을 갖다 댔다.

8월부터 약 두 달 동안 무스를 쫓아다녔는데 이제야 보답을 받으려나 보다. 5년 동안 기다려온 순간이 눈앞에 다가왔다. 자기 영역에 침입한 수컷들과 싸워서 물리치고 결국 홀로 남은 수컷 무스가 교미의 마지막 과정을 마무리 지을 준비를 마쳤다. 두 마리의 무스가 멈춰 서더니 수컷이 암컷의 등에 머리를 얹었다. 잠시 정지한 후 수컷이 앞다리를 들고 벌떡 일어났는데 그 거대한 몸이 한순간 공중으로 떠오르는 것처럼 보였다. 셔터를 누르는 내 손가락이 떨리고 있었다.

하울링은 야생을 유혹한다

알래스카를 동경하던 열일곱, 열여덟 살 무렵, 아돌프 뮤리가 쓴 『매킨리 산의 늑대 *The Wolves of Mount McKinley*』를 몇 번이나 반복해서 읽은 기억이 있다. 1944년에 출간된 이 책은 늑대의 생태에 관한 첫 논문으로 간주되었다. 무스나 카리부와의 관계도 상세하게 파악해두었고 확실한 관찰 결과에 기초하여 늑대의 전체적인 모습을 하나하나 사실적으로 묘사했다. 하지만 당시의 나는 책을 읽으며 '이 책은 고전이고 지나간 시대의 이야기다'라고 생각하고 있었다.

그로부터 십수 년이 지난 지금, 다시 이 책을 읽어보니 매우 친근하게 느껴지는 점이 있었다. 뮤리가 늑대를 쫓아 헤매 다닌 매킨리의 산악지대가 나에게도 익숙한 지역이었던 것이다. 가장 놀란 것은 뮤리가 반세기도 전에 관찰한 이스트포크 협곡의 늑대 굴에 지금도 늑대 무리가 살고 있다는 사실이었다. 아마 반세기 넘게 하나의 굴을 대물려 살았을 것이다.

현재 이 계곡은 국립공원의 규제에 따라 연구자도 쉽게 들어갈 수 없는 성역이 되었다. 오래전 빙하가 후퇴해서 생겼다는 이스트포크 협곡이 내려다보이는 이 경관이 너무 멋져서 이곳에 설 때마다 말로 다할 수 없는 흥분을 느낀다. 이 협곡 안쪽에 지금도 늑대 무리가 살고 있다는 것을 확신할 수 있기 때문일지도 모른다.

알래스카에서 늑대와 만났던 기억 중 몇 가지를 떠올려본다.

1982년 10월

그리즐리가 겨울잠을 자기 전에 촬영하기 위해 남서알래스카의 산에서 한 달 정도 캠핑을 할 때였다. 어느 날 저녁식사를 마친 후 평소처럼 모닥불을 피워놓고 쉬고 있는데 호수 건너편 산속에서 꼬리를 끄는 듯한 동물의 울음소리가 희미하게 들렸다. 거리가 멀었기에 처음에는 무슨 소린지 알 수 없었지만, 곧 늑대 소리라는 것을 알았다. 한 마리인 줄 알았는데 하울링을 하는 수가 점점 늘어나 나중에는 합창이 되었다. 겨울이 다가오자 늑대들이 무리를 짓기 시작한 것이다. 어둠 속에서 불을 바라보며 늑대들의 하울링을 듣고 있으니 감동과 전율이 느껴져서 어쩔 줄 몰랐다. 하울링은 내가 책을 읽으며 상상하던 소리와 똑같았다. 나 혼자 느끼기에는 너무나 아까운 감동의 순간이었다. 그날 저녁을 기점으로 하울링은 며칠 동안 그치지 않고 이어졌는데 늑대 무리가 조금씩 내가 있는 곳으로 다가오고 있다는 것을 분명히 알 수 있었다.

어느 날 오후, 늑대 네 마리가 강가를 따라 달려오는 모습이 눈에 들어왔다. 순간, 늑대들 편에서도 나를 알아챈 모양인지 녀석들은 두 패로 나뉘어 숲속으로 사라졌다. 그로부터 오 분도 지나지 않아 하울링이 시작되었고 조금 전의 늑대 네 마리는 그리 멀리 가지 않은 듯했다. 이때 늑대의 하울링을 가장 가까운 거리에서 들었다. 거리로 치면 100미터가 채 안 될 만큼 가까웠다. 나는 무서움이라곤 느끼지 못한 채, 초겨울 산속에 스며드는 듯한 늑대의 하울링에 빠져들 뿐이었다.

1984년 4월

알래스카 산맥 루스 빙하의 원류는 4,000~6,000미터급 산들에 빙 둘러싸인, 얼음과 암석의 세계다. 나는 무스 투스('무스의 이빨'이라는 뜻)라는 산을 촬영하기 위해 이 빙하의 원류에 들어갔다.

어느 날 두 미국인 등산가가 헌팅턴이라는 산에 도전하려고 내가 있던 루스 빙하 원류에 찾아왔다. 헌팅턴 산은 아마 알래스카에서도 정상까지 올라가기가 가장 어려운 산 중 하나일 것이다. 나는 그 산을 꼭 가까이에서 보고 싶어 두 사람에게 동행을 요청했다. 두 사람은 흔쾌히 승낙했고 이튿날 우리는 자일을 묶은 후 스키를 신고 더 위쪽의 빙하지대로 들어갔다.

그 주변은 생명이라곤 느낄 수 없는 눈과 얼음의 세계였다. 그러던 어느 날 오후, 어떤 발자국을 발견했다. 반사광이 강한 눈 위에 뚜렷이 새겨진 한 줄기 선이 보였다. 그 발자국은 빙하를 곧장 가로지르고 있었다. 가까이 가서 보니 분명 늑대의 발자국이었다. 두 미국인은 발자국엔 별 관심이 없는지 곧장 걸음을 옮기기 시작했다.

시간이 한참 지났지만 그때 본 발자국은 여전히 내 머릿속에서 떠나지 않고 매우 신비로운 추억으로 남아 있다. 그 발자국의 주인은 왜 그런 곳을 헤맸을까? 아무리 생각해도 길을 잃고 헤맸다고밖에 설명할 수 없었다. 그곳에 먹이가 될 만한 것은 전혀 눈에 띄지 않았으니까.

1984년 5월

해마다 봄이 되면 카리부 떼가 계절이동을 위해 알래스카 북극권으로 넘어온다. 출발하기 직전에 알래스카대학교의 연구원이 연락을 해왔다. "자네가 들어가려는 지역에서 광견병에 걸린 늑대의 사체가 발견됐어. 예방주사를 맞고 가야지, 안 그랬다간 큰일 날 거야." 하지만 예방주사는 몇 번에 걸쳐 나눠 맞아야 하는 탓에, 출발까지 시간을 고려하면 카리부 촬영 시기를 놓치게 된다. 여러모로 생각한 끝에 주사를 맞지 않고 떠나기로 결정했다. 대신 반드시 총을 지참하라는 지시를 받았다.

광견병에 걸린 늑대는 무차별적으로 달려들기 때문에 병의 전염 등을 생각하면 매우 위험한 상황이었다. 나는 부디 광견병에 걸린 늑대와 마주치지 않기를 바라며 현지로 향했다.

한밤중(이라고 해도 백야의 계절이라서 해가 지지 않는다)에 강가에서 모닥불을 피우고 있는데 설원을 달리는 검은 물체가 희미하게 보였다. 늑대다! 늑대도 바로 나를 알아채고 발을 멈췄다. 호신용 총은 200미터 떨어진 텐트 안에 놔둔 터였다. 검은 늑대는 나를 주시한 채 꼼짝하지 않았다. 큰일이다. 이전에도 이후에도 늑대를 보고 '무섭다'고 느낀 것은 이때뿐이다. 주위를 둘러봤지만 모닥'불'로는 도저히 상대할 수 없을 것 같았다. 그때, 운이 좋다고 해야 할지 나쁘다고 해야 할지 늑대가 반대쪽으로 달려 설원 저편으로 사라졌다. 나는 가슴을 쓸어내렸다.

늑대는 사람에게 위해를 가한다는 것이 통설로 여겨지는 모양인데 나는 오히려 늑대들이 사람을 두려워하는 것처럼 보인다. 늑대에게 습격당한 사람의 이야기는 알래스카에서도 자주 듣는데 대부분 광견병에 걸린 개체가 일으킨 사고가 원인인 듯하다. 사람들 사이에서 말로 전해지는 과정에서 이야기가 부풀

려진 것이라고 생각된다. 실제로 늑대들은 사람의 모습을 보기가 무섭게 재빨리 자리를 뜬다. 그러니 그들과의 만남은 순식간에 끝날 수밖에 없다.

1985년 6월

매킨리 국립공원에서 조금 특이한 경험을 한 적이 있다. 촬영을 무사히 마친 나는 커피 물을 끓이려고 버너에 불을 붙인 뒤 별생각 없이 고개를 들었다. 그러자 불과 10미터 정도 앞에서 늑대 한 마리가 나를 가만히 바라보고 있는 게 아닌가. 잘못 봤나 싶었지만 확실히 그곳에 있는 것은 늑대였다. 겨울털이 빠진 후인 모양인지 조금 말라 보였다. 일단 사진을 찍어야겠다는 생각이 들어서 100밀리 렌즈(1,000밀리가 아니라!)로 사진을 찍기 시작했다. 주위는 이미 깜깜해져 있었지만 아무튼 기도하는 마음으로 슬로 셔터를 눌렀다.

바로 그때였다. 필름을 바꿔 끼우기 위해 카메라 한 대를 땅바닥에 내려놓은 후 배낭에서 새 필름을 꺼내려는데, 무슨 일인지 늑대가 내 쪽으로 천천히 다가오더니 땅바닥에 내려놓은 카메라의 줄을 입에 물고는 그대로 가버렸다. 달아나는 것도 아니고 그냥 툭툭툭 걸어서 계곡을 내려갔다. 어이가 없어서 말문이 막혔지만, 늑대가 들고 간 카메라가 새로 구입한 니콘 F3이라는 것을 알고 황급히 그 뒤를 쫓아갔다. 내가 쫓아오는 것을 눈치 챈 늑대도 달리기 시작했다. 내가 패닉 상태에 빠진 것은 새삼스럽게 설명할 필요도 없을 것이다. 아무리 그래도 그렇지 늑대한테 고가의 F3을 줄 수는 없었기에 나는 계속 달렸다. 너무 무거웠던 걸까, 한참이 지나자 늑대는 카메라를 잔설 위에 놓고 달아나버렸다.

도대체 왜 그랬을까? 지금도 기억이 새록새록 떠오르는 사건이다.

우리 생활에서 중요한 환경 중 하나가 인간을 둘러싼 생물의 다양성이라고 나는 언제나 생각한다. 그들의 존재는 우리를 안심시키고 무엇보다 우리가 어떤 존재인지 알려준다. 평생 동안 늑대와 마주칠 수 있는 사람은 극소수에 불과할지도 모른다. 하지만 마주쳤는가 아닌가에 상관없이 같은 지구상의 어딘가에 늑대가 사는 세계가 있다는 것, 또한 그 사실을 생각할 수 있다는 것은 매우 중요한 일이다. 물론 늑대에게만 해당되는 이야기는 아니다.

매킨리 산 기슭에 펼쳐진 이스트포크 협곡 안쪽에 늑대 무리가 반세기 넘게 대물려 살고 있는 굴이 있다. 그 광대한 계곡을 내려다볼 때 나는 가슴속에서 솟아나는 신비한 힘을 강렬하게 느낀다.

극북의 방랑자

북극해에서 정면으로 내달려오던 바람은 이제 미친 듯이 불어대고 있었다. 걸리는 것 전혀 없는 알래스카 북극권의 대지에 150센티미터 정도 되는 내 텐트만 덩그러니 놓여 있어 마치 이 바람에 혼자 맞서고 있는 듯한 기분이 든다. 알루미늄 센터폴은 활처럼 휘어지고, 텐트는 간신히 버티고 서 있었다.

5월의 알래스카 북극권. 나는 캐나다 북극권에서 넘어올 카리부 떼의 계절이동을 기다리고 있었다. 정신이 아득해질 만큼 광활한 대지에서 카리부 떼의 계절이동을 만나겠다는 것은 모든 상황을 계산에 넣었다고 해도 결과적으로는 도박이 아닐 수 없다. 그해의 적설량, 추위의 정도, 눈이 녹는 시기 등이 복잡하게 작용하여 어느 날 갑자기 카리부 떼는 겨울철 서식지를 떠나 긴 여행길에 오른다. 그들은 도대체 어떤 경로를 거쳐 알래스카 북극권으로 넘어와서 새끼를 낳는 것일까? 나는 베이스캠프를 설치한 뒤 이 광활한 알래스카 북극권 속에서 하나의 점이 되어 기다리는 수밖에 없었다.

침낭 속으로 파고들었다. 세찬 바람이 윙윙 소리를 냈다. 벌써 2주나 기다렸다. 역시 말도 안 되는 도박이었을까? 잠들기 전에 다시 한 번 바깥을 확인하고 싶었다. 침낭 속에서 상체만 세워 텐트 입구를 열고 얼굴을 내밀었다. 쌓인 눈을 휩쓸며 강풍이 휘몰아치는 탓에 눈을 제대로 뜰 수 없었다. 그런데 그때였다. 산 정상에서 능선을 따라 뭔가가 꿈틀거렸다. 뭐지? 가만히 주시하니 그것은 마치 쇠사슬처럼 한 줄로 산자락까지 뻗어 있었다. 나는 황급히 카메라를 배낭에 집어넣고 당장이라도 바람에 날아갈 듯한 텐트도 내버려둔 채 뛰어나갔다. 스노 슈즈를 신었어도 깊이 쌓인 눈에 발이 빠져 마음만 앞섰다. 강가에 도착했다. 여기서라면 한눈에 바라볼 수 있다. 눈을 파헤쳐 삼각대를 세우고 바닥에 주저앉았다. 바람의 저항 따위를 받을 리 없는 삼각대가, 손을 떼자 금방이라도 날아갈 것만 같았다. 카리부 선두는 벌써 강가까지 내려왔는데 눈보라 때문에 아무것도 보이지 않았다. 이미 자정이 지났는데도 오렌지색 태양이 머리 위에서 빛나고 있었다. 백야의 북극권에서는 해가 지지 않는다. 한순간 바람이 멈추며 블리자드의 베일을 걷어내자 역광 속에서 강을 건너려고 하는 카리부 떼의 행진이 실루엣으로 떠올랐다. 눈보라 속에서 카리부 떼가 저마다 자세를 낮추고 강풍을 정면으로 받아내고 있었다.

야생동물의 모습을 난생처음 보는 기분이었다.

카리부는 이런 식으로 수천수만 년을 극북의 설원을 여행하며 살아왔겠구나 하고 생각했다. 이날 밤을 계기로 카리부를 품은 북방의 자연에 한층 더 끌렸던 것 같다. 1979년, 알래스카로 이주하고 두 번째 맞은 봄이었다.

나는 언제부턴가 내 생명과 자연을 따로 분리해서 생각할 수 없게 되었다. 이십 대 초반에 산에서 친구를 잃은 일이 하나의 원인이 되었는지도 모른다. 그 일로 자연이 더욱 좋아져서 좀 더 가까워지고 싶었는지도.

나는 혹독한 자연조건 속에서 혼신의 노력을 다해 살아가려고 하는 알래스카 생명의 모습을 좋아한다. 그것은 강인함과 연약함을 동시에 지닌, 긴장감 있는 자연이다.

빗물 한 방울도 허투루 하지 않고 희박한 수분과 지표의 온기만으로 살아가는 지의류. 가혹한 극북의 툰드라에서 피어나려고 하는 작은 꽃. 영하 50도까지 내려가는 혹한의 겨울 내내 눈구덩이 속에서 아무것도 먹지 않고 오로지 봄을 기다리는 회색곰. 찬바람이 휘몰아치는 설원에서 태어나 필사적으로 일어서서 어떻게든 살아남기 위해 애쓰는 카리부 새끼. 이는 헤아릴 수 없는 강인함이다. 그러나 전체적으로 보면 이곳의 생태계는 미묘한 균형으로 유지되는 참으로 연약한 자연이다. 단순한 먹이사슬이 대표하듯이, 지구상에서 가장 상처받기 쉬운 자연일 것이다. 사슬 하나만 끊겨도 사슬 전체가 회복할 수 없는 파국에 이르고 만다.

카리부의 주요 먹이인 지의류는 공해 기준의 바로미터일 정도로 대기오염에 약하다. 게다가 그 생장 속도가 매우 느려서 한 번 파괴되면 불과 몇 센티미터 자라는 데만 50년에서 100년이 걸린다고 한다. 이는 카리부의 생존을 위해서 광활한 땅이 필요한 큰 이유 중 하나일 것이다.

북극권에서 시작되려고 하는 거대한 유전 개발은 카리부가 혹독한 겨울을 넘길 수 있는 열쇠인 지의류에 얼마나 많은 영향을 미칠까? 또 거기에서 파생될 문제는 북극권의 생태계 전체에 어떤 변화를 가져올까?

  1,000킬로미터에 이르는 긴 여행을 반복하며 북극권을 떠도는 카리부. 그리고 그 카리부를 사냥하며 살아가는 내륙의 에스키모와 인디언들. 카리부는 그곳에 사는 사람들의 생활을 포함한 극북 생태계의 핵심이라는 생각이 든다.

  어느 초여름 날, 카리부 수만 마리가 베이스캠프 앞에 나타났던 때가 기억난다. 기복이라곤 전혀 없는 툰드라에서 카리부 떼 전체를 촬영하기란 어려운 일이었다. 나는 결국 카메라를 내던졌고, 이 장면을 기억에 담아두자고 생각했다. 나는 곧 거대한 카리부 떼에 둘러싸여 수만 마리의 발굽이 만들어내는 소리에 가만히 귀를 기울였다.

맥닐 강

곰은 알래스카에서 광범위하게 서식하지만 그 모습을 어디에서나 볼 수 있는 것은 아니다. 오랫동안 산을 걸어 다녀도 곰과 우연히 만나는 경우는 매우 드물다. 그러나 자연은 종종 기적적인 장소를 만들어낸다. 맥닐 강이 바로 그렇다.

앵커리지 남서쪽에서 355킬로미터 떨어진 곳에 자리한 카미샤크 만에는 맥닐 강이 흘러들어온다. 하구에서 상류 쪽으로 조금 올라가면 맥닐 강의 작은 폭포가 있는데 해마다 여름이 되면 불곰들이 연어를 잡으러 모여든다. 사람들도 이 믿을 수 없는 광경을 보러 전 세계에서 이곳을 찾아온다. 총도 없이 말이다. 이런 장소는 다른 어디를 뒤져봐도 찾을 수 없다. 맥닐 강은 전 세계 사람들이 공유하는 하나의 재산이라는 생각이 든다.

1950년 초까지 낚시꾼 몇 명을 제외하고는 이 폭포의 존재에 대해 아는 사람이 없었다. 그러나 매년 여름 맥닐 강에 모여드는 곰에 대한 소문이 서서히 퍼졌고 결국 알래스카 주는 이 지역의 불곰을 보호하기 위해 1955년 전면적인 사냥 금지령을 내렸다. 그리고 1967년 맥닐 강은 야생동물 보호구역으로 지정되었다. 그 후 오늘에 이르기까지 해마다 수많은 사람들이 이 강을 찾았고 곰이라는 야생동물을 통해서 귀중한 경험을 할 기회를 얻었다. 하지만 지금 이 야생동물 보호구역의 미래가 위태로워지는 상황이 발생하고 있다.

상업적 어업이 그 발단이었다. 맥닐 강에서 고작 5킬로미터 떨어진 페인트 강에 인공 폭포를 만들고 연어 치어를 방류하여 이곳을 거대한 연어잡이 장소로 바꾸겠다는 계획을 내놓은 것이다. 자연보호단체를 중심으로 대규모 반대 운동이 일어났고 페인트 강 프로젝트는 최근 몇 년 동안 알래스카 환경 문제의 큰 쟁점 중 하나가 되었다. 이 계획이 실현되면 맥닐 강 야생동물 보호구역에 서식하는 곰의 생태에 큰 영향을 미치기 때문이다.

이 보호구역에서는 인간과 곰의 공존을 목적으로 다양한 관리를 시행해왔다. 1973년에 제정된 새로운 규제는 보호구역 방문객 수를 하루 열 명으로 제한했다. 이렇게 약 20년에 걸친 철저한 관리 끝에 연어를 잡으러 오는 곰이 인간의 존재를 받아들이는 것이 가능해진 것이다. 그 결과 깜짝 놀랄 정도로 가까운 거리에서 사람이 곰의 행동을 관찰할 수 있는 귀중한 야생동물 보호구역이 되었다. 이 20년 동안 인간과 곰이 얽힌 사고에 대한 기록은 전혀 없었다.

매년 여름 많은 곰들이 이 강에 모여드는 이유는 하구 근처에 있는 폭포의 존재가 연어의 이동을 일시적으로 막아서 곰이 연어를 쉽게 잡을 수 있기 때문이다. 또 다른 이유도 있다. 인근 지역의 유일한 강인 페인트 강에는 연어가 올라오지 않는다는 점이다. 이러한 자연조건이 한데 얽혀서 맥닐 강은 세계에서도 보기 드물게 곰을 관찰할 수 있는 장소가 되었다.

페인트 강 프로젝트가 실현된다면 이 강에 매년 연어 150만 마리가 돌아오기를 기대할 수 있다. 하지만 지금 어업회사의 냉동고에 있는 연어는 포화상태다. 프로젝트를 반대하는 사람들은 최근 몇 년 동안 잡은 수많은 연어의 매입처도 아직 못 찾은 상황에서 이 어업 계획이 경제적으로 과연 가치가 있을지 의문을 제기한다.

그리고 맥닐 강에 사는 곰의 행동에 변화를 주리라는 점이 이 논쟁의 초점이라는 것은 말할 필요도 없다. 페인트 강 프로젝트는 겨우 2만 마리의 연어가 거슬러 올라오는 맥닐 강에서 대부분의 곰을 떠나게 만들 것이다. 페인트 강으로 이동한 곰은 맥닐 강에서 했던 것처럼 그곳에 만들어놓은 인공 폭포 앞에 떼 지어 모이는 연어를 잡으려고 할 것이다. 그러나 그곳은 야생동물 보호구역이 아니다. 수많은 어부들의 생활 터전이므로 인간과 곰이 당연히 충돌할 것이다. 20년 가까이 맥닐 강에서 인간을 받아들인 곰은 그곳이 어디든 상관없이 똑같이 행동할 테니까. 야생동물 보호구역에서 학습한 행동은 일단 그곳을 떠나면 거꾸로 작용한다는 모순이 있다. 인간과 곰 사이에 약속된 서로의 거리가 보호구역 밖에서는 인간이 총의 방아쇠를 당길 수 있는 거리인 것이다.

야생동물 보호구역처럼 철저한 관리가 이루어지지 않는 페인트 강에서는 예를 들어, 사람들이 식량 보관에 신경 쓰지 않을 수 있다. 맥닐 강에서는 겪지 못했던 상황 속에서 곰은 나쁜 행동(곰에게는 당연한 행동)을 학습할 것이 분명하다. 긴 시간을 들여 만들어낸 맥닐 강의 인간과 곰의 관계가 이제 와서 뒤집히려고 한다. 환경 평가도 하지 않은 채 페인트 강 프로젝트는 계속 진행중이다.

작년에, 사람들이 곰을 관찰하러 맥닐 강에 오는 것이 그 지역 경제에 얼마나 많은 이윤을 주는지에 대한 조사가 실시됐다. 페인트 강 프로젝트 논쟁 속에서 생겨난 조사 중 하나다. 그러나 그 결과가 맥닐 강 야생동물 보호구역의 존재 이유에 큰 의미가 있는 것일까? 세계에서도 유례가 없는 이 강의 존재 가치를 경제적 이윤으로 따질 수 있는 것일까?

사람들은 이 강을 찾아와 연어 떼가 필사적으로 폭포를 거슬러 올라가는 광경에 압도당하고 바로 눈앞에서 그 연어를 잡는 곰이라는 동물을 본다. 그것은 책이나 텔레비전에서 보는 것이 아닌, 실물이다. 그 귀중한 체험은 맥닐 강을 찾은 사람들에게 크나큰 마음의 재산이 되지 않을까?

5월 14일, 페인트 강 프로젝트 논쟁에 대한 판결이 선고되고 반대 측의 소송은 기각되었다. 페인트 강에 첫 연어가 거슬러 올라올 때 세계적인 재산인 맥닐 강의 자연은 달라지기 시작할 것이다.

나누크

눈보라인가, 블리자드인가? 바람이 웅웅 소리를 내며 주위는 눈보라로 소용돌이쳤다. 체감 기온은 영하 100도를 넘었을 것이다. 때때로 바람의 힘이 사라져 눈보라가 물러가면 바닥에 웅크린 나누크 모자의 윤곽이 희미한 회색으로 떠오른다. 하지만 바람은 생각났다는 듯이 돌아오고 주위는 다시 혼돈의 흰 베일로 뒤덮인다.

11월, 북극해로 이어지는 이 바다에는 점점 두꺼운 얼음이 퍼지고 있었다. 해빙이 사라진 7월부터 나누크 모자는 완전히 육지에 갇혀서 이미 오랫동안 바다표범을 먹지 못했다. 얼어붙은 빙해에 바다표범은 숨구멍을 계속 뚫었고 나누크는 그 숨구멍 앞에서 바다표범을 가만히 기다렸다. 북극해의 얼음 균형이 나누크의 생존을 좌우하는 것이다. 여름내 그들은 해안선을 여행하며 밀려온 사체, 새의 알 등을 먹으며 굶주림을 참고 견뎠다. 나누크 모자 역시 바닷가의 눈을 파내 켈프(해조류)로 배를 채웠다. 그러나 나누크의 계절인 겨울이 다시 다가왔다. 얼음 상태를 확인하려는 것인지, 퍼지고 있는 빙원 끝까지 매일 걸어가는 나누크 모자의 모습을 보며 나는 그들이 머나먼 빙해를 그리워하고 있음을 느꼈다.

나누크. 그것은 에스키모들이 북극곰을 부르는 이름이다.
어린 시절, 실재하는 동물인지 상상의 동물인지도 모른 채 계속 마음속에 품어온 동물들이 있었다. 예를 들어 늑대나 북극곰이 그런 존재였다. 얼음 세계에 사는 곰이 있다니…… 그것은 아무리 생각해도 비현실적인 이야기였다.

1984년 봄, 나는 포인트 호프라는 에스키모 마을에서 고래 사냥 캠프에 참가했다. 캠프라고는 해도, 끊임없이 움직이는 북극해의 빙원이었다. 리드(바람과 조류로 생긴 얼음에 둘러싸인 바다)를 따라서, 남쪽에서 찾아오는 북태평양참고래를 기다리며 우리는 몇 주 동안 얼음 위에서 지냈다.
어느 날 해질녘 나는 캠프를 떠나 난빙 위를 산책하러 나갔다. 끝없이 펼쳐지는 빙원은 그 바로 밑이 북극해라는 사실을 잊게 했다. 그렇게 잠시 걷고 있는데 빙원 저편에서 무엇인가가 움직였다. 점처럼 보이는 거리였지만, 그것이 내 쪽으로 곧장 오고 있었다. 에스키모 동료일까? 생명이라곤 찾아볼 수 없는 얼음 세계에서 또 누구를 상상할 수 있을까? 나는 계속 주시하며 조금씩 확실히 모습을 드러내는 그 생명체를 바라보았다. 심장이 고동치기 시작했고 순간, 공상 세계에서만 보았던 북극곰이 뚜렷한 모습으로 내 눈앞에 나타났다.

나는 캠프로 달려가 가쁜 숨을 몰아쉬며 에스키모들에게 알렸다. "북극곰이 나타났다!" 북극곰을 처음 봤다는 흥분과 누구보다도 먼저 발견한 기쁨에 나는 어린아이처럼 자랑을 했고 내 몸은 점점 달아올랐다.

북극곰은 무슨 생각을 했는지 우리 캠프를 향해 똑바로 다가왔다. 젊은 에스키모는 이미 난빙의 그림자에 숨어 있었다. 나중에 다시 생각해보니 북극곰은 그저 에스키모의 식량인 해표유 냄새에 이끌려 왔던 것뿐이었다. 캠프가 고요해졌다. 사람들이 지켜보는 가운데, 이윽고 긴장의 끈이 풀린 듯 총성이 빙원에 울려 퍼졌다.

피로 물든 빙원 위에서 거대한 나누크가 능숙하게 해체되자 젊은 에스키모는 고기를 들고 마을로 돌아갔다. 더 이상 사냥을 나갈 수 없는 마을의 노인들에게 나누크 고기를 가장 먼저 나눠주는 것이다. 젊은 에스키모에게는 무척 자랑스러운 행위일 것이다. 인간과 나누크는 똑같은 빙해에서, 바다표범이라는 동일한 대상을, 똑같은 방법으로 사냥해왔다. 사람들의 생활을 둘러싼 북극의 자연 속에서 북극곰만큼 경외스러운, 그리고 두려운 생명체는 분명 없을 것이다.

바람이 잠잠해지고 이제 곧 11월의 짧은 해가 지려 한다. 수유를 마친 나누크 모자는 눈 침대에서 바싹 달라붙은 채 잠을 청하기 시작했다. 앞으로 한 달만 지나면 그들은 먼 빙해를 떠돌 것이다. 그곳은 인간이 범접할 수 없는 먼 세계다.

북극곰의 성역…… 암흑의 겨울, 오로라가 격렬하게 춤추는 하늘 아래에 바다표범의 숨구멍을 가만히 바라보는 나누크 모자가 있다.

큰까마귀의 신화를 찾아서

지난 4, 5년 동안 계속 남동알래스카의 자연을 촬영하고 있습니다. 주제는 원시림, 빙하, 고래입니다. 언젠가 이 세계에 대해 정리하고 싶었는데 오랫동안 그 방법을 몰랐습니다. 이 세계의 핵심이 될 만한 것을 찾고 있었던 것입니다. 늘 그 생각만 하면 언젠가 답이 나오기 마련입니다. 작년에 문득 그 답이 떠올랐습니다. 바로 큰까마귀였습니다.

남동알래스카는 일찍이 토템폴 문화를 구축한 클링킷족, 하이다족의 세계입니다. 그들의 신화에 나오는 큰까마귀라는 생물은 이 세계의 창조주이자 인디언 정신세계의 핵심을 이루는 존재입니다. 그러나 다음 문제가 있었습니다. 큰까마귀라는 추상적인 주제를 어떤 식으로 다뤄야 할까 하는 점입니다. 단순한 옛날이야기가 아니라 현대와 어떻게 연결해나갈 수 있을지 그 계기를 도무지 찾을 수 없었던 것입니다.

올해 4월에 있었던 일입니다. 나는 남동알래스카의 싯카라는 도시에 친구인 작가 리처드 넬슨을 만나러 갔습니다. 그날은 내

271

가 큰까마귀라는 주제로 여행을 시작해야겠다고 마음먹은 첫 날이었습니다.

리처드의 차를 타고 작은 싯카의 거리를 달리던 중 그가 길을 걷고 있는 지인을 발견했는지 차를 세울까 말까 잠시 망설였습니다. 다시 말해 나에게 소개할까 말까 생각했던 거죠. 지금 나는 그의 직감에 진심으로 고마워하고 있습니다.

길을 걷고 있던 남자는 인디언이었는데 걸음걸이가 술에 취한 것처럼 휘청거렸습니다. 리처드가 차를 세우고 이름을 불러도 그는 전혀 돌아볼 생각을 하지 않았습니다. 우리는 그가 골목으로 들어가려고 할 때야 간신히 따라잡을 수 있었습니다.

"밥, 소개하고 싶은 친구가 있어."

리처드가 그렇게 말하자 그 인디언은 표정 하나 바꾸지 않고 말했습니다.

"어제 묘지에서 큰까마귀 둥지를 발견했어……"

그것이 밥 샘과의 첫 만남이었습니다.

이튿날 밥은 나를 그 묘지로 데려가 큰까마귀 둥지를 보여줬습니다. 알고 보니 이 묘지와 밥은 깊은 관계가 있었습니다. 그 얘기를 하려면 밥의 청년 시절 이야기부터 시작해야 합니다.

싯카에서 태어난 밥 샘은(나와 똑같은 1952년생) 일부 알래스카 선주민 청년들이 그러하듯 새로운 시대와의 틈바구니에서 술과 마약에 빠져들어 살았습니다.

당시 밥은 온 알래스카를 부랑자처럼 떠돌아다녔습니다. "비참한 시절이었어." 밥은 그렇게 말했습니다. 매우 과묵해서 필요한 말 외에는 거의 하지 않는 조용한 사람인데, 우리가 서로 조금씩 알아가는 동안 드문드문 예전 이야기를 들려주었습니다.

1970년대 중반에 밥은 페어뱅크스에 있었습니다. 당시 이 도시의 이면에서는 알래스카 각지에서 흘러든 인디언 그룹과 경찰들의 분쟁이 끊이지 않았지요. 특히 인디언을 차별하는 경찰과 격렬하게 싸웠다고 합니다. 인디언이라고 해도 다양한 종족이 있는데, 모두가 하나로 똘똘 뭉쳐서 단결한 것입니다.

밥 샘은 곧 그 그룹의 중심인물이 되었습니다. 일을 도모할 때 그가 보여주는 영리함과 인품을 모두 좋아했던 것입니다. 차분한 성격인데도, 그가 그런 위치에 서게 된 이유를 충분히 짐작할 수 있습니다. 청년들은 어떤 상황에서도 밥을 지켰던 모양입니다. 마침내 밥은 FBI에게까지 감시를 받았고 어느 날 페어뱅크스에서 체포되어 끔찍한 폭행을 당하고 이 도시에서 쫓겨나고 말았습니다. 그들의 폭행 방식은 몸에 절대로 흉터를 남기지 않도록 교묘했다고 밥은 쓴웃음을 지으며 회상했습니다.

태어난 고향인 싯카로 돌아온 밥은 그때껏 가까이 갈 수 없었던 클링킷족 노인들과 처음으로 만나게 되었다고 합니다.

"그 전까지 노인들과 있으면 그 기운에 압도당해서 얼굴도 제대로 쳐다볼 수 없었어. 그들은 나에게 사람을 용서한다는 것이 무엇인지 가르쳐줬지."

당시 싯카의 오래된 러시아인 묘지에서 주택 건설 공사가 시작되려 하고 있었습니다. 벌써 반세기 가까이 아무도 돌보지 않은 그 숲속의 묘지는 손을 댈 수 없을 정도로 황폐해져 있었는데 그 위에 주택지를 조성하겠다는 것이었지요. 밥이 싯카로 돌아왔을 때는 이미 공사가 시작된 상태였습니다. 묘지 일부가 파헤쳐지고 주변의 풀숲에는 인골이 흩어져 있었습니다. 밥은 날마다 그곳에 찾아가 그 뼈를 수습해 하나하나 다시 땅에 묻었습니다. 그의 그러한 행동은 싯카에서 큰 논쟁으로 번졌습니다.

그리고 마침내 주택 건설에 제동이 걸렸습니다. 그 러시아인 묘지는 사실 1,000년 넘게 클링킷족의 신성한 묘지였던 것입니다. 밥 샘은 그로부터 10년이라는 세월을 들여 혼자 꾸준히 청소하며 그곳을 몰라볼 정도로 깨끗한 묘지로 바꿔놓았습니다. 누가 부탁한 것도 아니고 돈을 받은 것도 아닙니다. 그 세월은 밥의 마음이 서서히 치유되어가는 시간이었습니다. 마침내 그는 그곳에 잠들어 있는 아득히 먼 선조들과 대화를 나누기 시작했습니다. 날마다 묘지에서 보낸 10년 세월만이 온전한 그의 세계였습니다.

어느 날 나는 밥에게 물었습니다.
"밥은 어느 씨족이야?"
씨족이란 혈통과 같은 개념인데, 남동알래스카의 인디언 신화를 보면 어떤 혈통이든 동물의 화신으로 시작되며, 이는 현재도 클링킷족, 하이다족 사회 구성의 중심을 이룹니다.

"큰까마귀."

아, 역시 그랬구나.

나는 이제껏 밥만큼 영적인 사람을 만난 적이 없습니다. 남동 알래스카를 여행하며 전통 춤을 보존하려고 하는 클링킷족 청년들을 많이 만났습니다. 물론 그것은 그것대로 중요한 일이라고 생각합니다. 하지만 그들에게서 밥과 같은 영적인 세계를 느낀 적은 없었습니다.

밥의 외모, 옷차림, 어딘가 다른 세계에서 사는 듯한 분위기는 사람들에게 별종 소리를 들어도 이상하지 않습니다. 그러나 싯카에서 만난 사람들은 누구나 밥에 대해 알고 있었고, 어쩐지 기분 좋게 밥 이야기를 해줬습니다.

"아, 밥이라면 잘 알지."

그와 함께 걸어가면 거리에서 놀던 아이들이 말을 겁니다.

"안녕, 밥 아저씨!"

나는 신비한 기분에 사로잡혔습니다. 10년이라는 세월에 걸쳐서 치유된 밥이라는 존재가 사실은 싯카 사람들의 마음을 치유한 것이 아닐까 싶었습니다.

나는 지금 밥 샘과 함께 여행을 시작했습니다. 현재 남아 있는 큰까마귀의 신화를 찾는 여행입니다. 6월에는 둘이서 캐나다의 퀸샬럿 제도에도 갔습니다. 그곳은 신화시대에 살았던 하이다족의 마지막 토템폴이 남아 있는 섬입니다. 나는 밥 샘이라는 동갑내기 인디언을 통해 조금씩 큰까마귀의 세계를 보기 시작한 것 같습니다.

남동알래스카 여행에 관해서

남동알래스카는 숲과 빙하로 둘러싸인 멋진 세계입니다. 숲은 몹시 깊고 그 주위를 빙하가 빈틈없이 뒤덮고 있으며 그 속에 길이 전혀 없는 탓에 알래스카 관광 루트에서는 조금 벗어날지도 모릅니다. 하지만 덕분에, 그 손에 닿지 않는 자연의 크기에 압도당하는 경험을 할 수 있습니다.

그런 남동알래스카를 여행하는 좋은 방법이 있습니다. 알래스카에서 생활하는 사람들도 잘 모르는 방법인데, 바로 삼림국의 산장을 이용하는 것입니다.

알래스카 삼림국은 광대한 남동알래스카 숲속에 150군데가 넘는 작은 산장을 소유하고 있습니다. 일반인들의 숙박을 위한 곳입니다. 이 산장이 훌륭한 것은 어느 산장이나 들판, 즉 깊은 숲속에 외따로 있어서 그곳에 가려면 수상비행기나 보트를 이용할 수밖에 없다는 점입니다. 대부분 호숫가에 있어서 전망도 매우 아름답습니다. 강이 있으면 연어 떼가 잔뜩 올라오니 낚시천국이 따로 없습니다.

산장은 일주일까지 예약할 수 있고 예약한 사람만 묵을 수 있습니다. 다시 말해, 깊디깊은 숲의 호숫가에서 오롯이 지낼 수 있습니다. 특히 가족끼리 가면 최고입니다. 인적이 없는 진정한 알래스카의 자연을 체험할 수 있거든요.

산장은 몇 명이 묵어도 1박에 고작 25달러입니다. 소박하지만 청결한 산장입니다. 침낭, 취사도구, 식재료 등은 본인이 직접 가져가야 합니다. 석유난로는 딸려 있습니다. 오두막은 통나무집이거나 A프레임이라고 하는 삼각형 오두막집입니다. 로프트가 있어서 일고여덟 명은 편하게 잘 수 있습니다.

그곳은 정말로 대자연이라서 어딘가에 반드시 곰이 있습니다. 하지만 크게 걱정하지 않아도 됩니다. 모든 산장의 주변에 어느 정도 하이킹을 할 수 있도록 작은 길이 있을 것입니다. 보트가 놓여 있는 산장도 있습니다.

몇 년쯤 전에 일본인 친구 가족과 이 삼림국의 산장에서 일주일 동안 지낸 적이 있습니다. 초등학생인 아이들이 아침에 산장 앞에서 이를 닦고 있는데 숲속에서 흑곰 새끼와 어미가 나타나 눈앞을 유유히 걸어가는 모습을 보고 깜짝 놀랐다고 합니다. 강은 마침 산란기를 맞아 거슬러 올라온 연어 떼로 가득했기에 맨손으로 잡을 수 있었습니다. 알래스카에 와서 다른 곳은 아무 데도 가지 않고 이 산장에서만 지내다 돌아갔지만 매우 여유로운 시간을 보낼 수 있었습니다.

알래스카 여행에서는 단기간에 다양한 장소에 가려고 할 경우 가장 많이 실패합니다. 삼림국의 산장에서 여유롭게 지내면 정말로 호화로운 여행이 될 것입니다. 특히 아이를 동반한 가족 여행으로 추천합니다. 극진하게 모시는 여행과는 전연 다를 테고 약간의 모험도 있겠지만 반드시 멋진 여행이 될 것입니다.

예약은 179일 전부터 가능합니다. 인기 있는 산장은 조기 마감이 되지만 총 150군데가 넘으니 걱정하지 마세요. 외국인도 상관없이 누구나 이용할 수 있는데도, 거의 알려지지 않은 탓에 일부 알래스카 사람들만 이용하고 있습니다. 어쩌면 모든 사람들에게 알려지기를 원치 않는 것일지도 모르겠네요.

가보고 싶은 분은 상담해드리겠습니다. '오로라 클럽'으로 문의해주세요.

문집 『알래스카』 서문

3월의 루스 빙하는 아직 혹독한 알래스카의 겨울입니다. 이 여행은 아이들에게 결코 편한 여행은 아니었을 것입니다. 다친 사람 없이 무사히 여행이 끝나서 진심으로 안심하고 있습니다.

아이들이 이 여행에서 무엇을 느끼고 어떤 추억이 생겼는지 보고서를 써서 보내줬습니다. 하지만 나는 지금보다 좀 더 시간이 흘렀을 때, 5년 후, 10년 후에 다시 한 번 물어보고 싶습니다. 하나의 경험이 그 사람 안에서 무르익어 뭔가를 형성하기까지는 조금 시간이 필요한 것 같습니다.

아이들에게 멋진 풍경을 보여주고 싶다면 굳이 루스 빙하나 알래스카에 갈 필요는 없습니다. 일본에도 멋진 장소가 많으니까요. 하지만 나는, 매년 오로라를 촬영하기 위해 이 빙하로 들어갈 때마다 이 세계를 누군가에게 보여주고 싶어서 참을 수 없었습니다.

장대한 루스 빙하는 눈과 얼음과 바위만으로 이루어진, 무기질적인 산의 세계입니다. 넘치는 정보의 바다 속에서 살아가는 지금의 아이들에게 이곳은 정반대의 세계입니다. 텔레비전이나 컴퓨터 게임, 만화책도 없습니다. 그러나 아무것도 없는 대신, 그곳에는 고요한 우주의 기운이 있습니다. 빙하 위에서 보내는 조용한 밤, 차가운 바람, 빛나는 별…… 정보가 적다는 것은 어떤 힘을 감추고 있습니다. 인간에게 상상할 기회를 주기 때문입니다. 또한 그곳에서 오로라를 볼 수 있다면 매우 귀중한 체험이 될 것이라고 생각했습니다.

어린 시절에 본 풍경이 마음속에 오래도록 남는 경우가 있습니다. 루스 빙하에서 본 장대한 자연이 그런 마음의 풍경이 되길 바랍니다. 언젠가 어른이 되어 다양한 인생의 갈림길에 섰을 때, 사람의 말이 아니라, 언젠가 본 풍경에 위로를 받거나 용기를 얻는 일이 반드시 있을 것이라는 느낌이 들기 때문입니다.

이번 계획은 많은 사람들의 협조를 통해 실현할 수 있었습니다. 진심으로 고맙습니다. 아직 겨우 시작 단계입니다. 이번 경험과 반성할 점을 근거로 해서 조금씩 앞으로 나아갈 수 있다면 좋겠습니다.

(1993년 1월 25일)

*

　2년째의 오로라 여행은 루스 빙하에서 장소를 옮겨 페어뱅크스 북쪽에 자리한 화이트마운틴에서 진행했습니다. 이곳은 페어뱅크스 사람들이 개썰매와 크로스컨트리 스키로 여행하는 산악 지역입니다. 루스 빙하와 같은 고산이 아니라서 빙하는 없지만 아이들이 자유롭게 여행을 즐긴 듯합니다.

　고작 하루 연습한 후 산장까지 약 10킬로미터를 크로스컨트리 스키로 가는 것은 아이들에게 조금 힘들었을지도 모릅니다. 그러나 산장에 도착했을 때 아이들이 향상된 모습을 보니 보람을 느꼈습니다. 무엇보다 아이들이 크로스컨트리 스키의 재미를 안 것이 기뻤습니다. 크로스컨트리 스키에는 산악 스키와는 또 다른 재미가 있습니다. 오르막길을 오르는 고통이 있기에 그 후의 짧은 내리막길이 기분 좋습니다. 천천히 타기 때문에 자연을 보다 자세히 볼 수 있습니다.

　완전히 지쳐서 산장에 도착한 첫날 밤, 멋진 오로라가 밤하늘에서 춤을 췄습니다. 알래스카에 사는 나도 그렇게 멋진 오로라는 좀처럼 본 적이 없었습니다. 그리고 똑같은 오로라여도 페어뱅크스 호텔에서 보는 것과는 역시 느낌이 다르다고 생각했습니다. 그날 밤 그 장소에서 모두 함께 오로라를 본 것은 마음 한구석에서라도 좋으니 앞으로 이 아이들의 인생에 보물이 되었으면 좋겠습니다.

'오로라를 보는 아이들의 여행'은 올해로 아직 2년째입니다. 해마다 조금씩이라도 더욱 발전해나가고 싶습니다. 또 설령 오로라가 보이지 않아도 아이들의 마음에 남는 여행을 만들어가고 싶습니다.

(1993년 12월 1일)

＊

올해는 날씨가 안 좋아서 루스 빙하에 들어갈 수 없었습니다. 산은 눈앞에 있었지만 어쩔 수 없었습니다. 알래스카에서는 이런 일이 당연합니다. 그럴 때 사람들은 이렇게 말합니다.

"알래스카에서 장관을 펼치는 것은, 인간이 아니라 만물의 어머니인 대자연이다."

예정대로 일을 진행시킬 수 있으면 운이 좋은 것이지만 그렇지 않을 경우 나쁜 상황 속에서 최선의 방법을 새롭게 찾아야 합니다. 자연은 우리에게, 자신이 생각하는 것처럼 일이 잘 진행되지 않는다는 것을 알게 합니다. 짧은 여행 기간 동안 아이들에게 그 교훈을 이해시키려고 하는 것이 가혹해 보이긴 하지만 루스 빙하에 들어가지 못한 덕분에 우리는 들판에서 생활하는 마이크 가족과 만날 수 있었습니다. 미국 본토에서 알래스카로 건너와 새로운 생활을 시작한 지 얼마 안 된 가족이었습니다. 예전에 〈로빈슨 가족〉이라는 영화가 있었는데 우리는 영화가 아니라 진짜 로빈슨 가족과 알게 되었습니다.

얼마 전 마이크에게서 편지가 왔는데 일본 아이들과 지낸 며칠이 가족에게 얼마나 멋진 시간이었는지에 대해 적혀 있었습니다. 그 생각은 우리도 마찬가지입니다. 혹독한 자연 속에서 검소하게 살아가는 마이크 가족의 모습이 아이들의 눈에는 과연 어떻게 새겨졌을까요?

우리는 루스 빙하에 들어가지 못했습니다. 하지만 세상은 요

지경이라서 사람의 신기한 만남에 대해 알려줍니다. 언젠가 아이들이 좀 더 자라서 홀로 배낭을 메고 알래스카에 왔을 때 들판에 사는 마이크 가족을 찾았으면 좋겠습니다.

(1994년 11월)

＊

올해의 루스 빙하는 날씨의 혜택을 받았습니다. 일단 예정대로 첫날에 루스 빙하에 들어간 것입니다. 탈키트나에서 고작 삼십 분이 걸리는 비행이지만, 날씨가 나빠지면 일주일이나 들어가지 못하는 경우도 있습니다. 우리의 여행은 일정이 한정되어 있기에 날씨에 크게 좌우됩니다.

루스 빙하에 들어가는 동안 하늘이 맑아 매킨리 산이 보인 것도 행운이었습니다. 딱 하루, 아니 한 시간이라도 좋으니 산장에서 바라다보이는 광대한 루스 빙하의 모습을 보여주고 싶었기 때문입니다.

눈보라가 치는 날이 있었던 것 또한 행운이었습니다. 강풍과 대설 때문에 금방이라도 텐트가 무너질 것처럼 눈보라가 심했지만 고산의 혹독한 자연을 경험하는 데는 계속 날씨가 맑은 것보단 눈보라가 치는 편이 훨씬 좋았습니다. 그럴 때 언제든지 도망칠 수 있는 셸던 산장의 존재에 고마움을 느낍니다.

우리가 이용한 이 산장은 알래스카의 전통적인 부시파일럿 돈 셸던의 유산입니다. 돈 셸던은 매우 만나고 싶었던 사람이지만 내가 알래스카에 이주하기 전인 1975년에 세상을 떠났습니다. 그래서 이번 여름 돈 셸던을 취재하기 위해 탈키트나를 찾아갔을 때 우리의 프로젝트를 이해해준, 부인 되시는 로베르타와 충분히 대화를 나눴습니다. 아이들은 돈 셸던에 대해 아무것도 모르지만, 내가 동경한 이 부시파일럿과 아이들이 지금 어딘가에서 이어져 있다고 생각하니 어쩐지 기쁩니다.

이때, 우리가 단골 숙소로 삼는 탈키트나 로드하우스의 마티와도 여유롭게 이야기를 나눌 수 있었습니다. 오로라 투어 때는 언제나 분주해서 진득하게 대화한 적이 없었습니다. 새삼스럽지만, 우리가 묵는 이 탈키트나 로드하우스는 매우 훌륭한 숙소라고 생각합니다. 우리를 언제나 가족처럼 대접해주기 때문입니다. 마티의 아내 린, 그리고 그의 두 아이들…… 나는 이 가족이 자아내는 알래스카의 분위기를 매우 좋아합니다. 올해로 네 번째에 불과한 오로라 투어이지만 여러 사람들의 도움을 받았음을 진심으로 느꼈습니다.

(1995년 12월)

5

산 사람과 죽은 사람, 유기물과 무기물의 경계는 도대체 어디에 있는 것일까?
수프를 마시니 극북의 숲에 살던 무스의 몸이 내 안으로 천천히 스며들었다.
이때 나는 무스가 되고 무스는 사람이 된다.

『알래스카, 바람 같은 이야기』에서

베리 길버트

"베리, 그 사고가 난 후로 곰에 대한 생각이 달라졌겠네요?"

신설이 내린 산길을 걸으며 나는 그에게 물었다. 눈에 찍히는 우리의 발자국이 때때로 곰 발자국과 교차되어 주위에 조금 신경이 쓰이기 시작했다.

"그게, 별로 달라지지 않더라고."

베리는 불편한 한쪽 눈으로 미소를 지으며 말했다. 우리는 남서알래스카의 카트마이에서 겨울잠에 들어갈 준비를 하는 곰을 관찰하고 있었다.

베리 길버트는 미국 유타주립대학교 동물학 교수다. 1977년 6월 옐로스톤 국립공원에서 그리즐리를 조사하던 중 베리는 새끼가 딸린 어미 곰에게 습격당했다. 헬리콥터를 동원해 재빨리 구출한 덕에 기적적으로 목숨을 건졌지만 900바늘을 꿰매고 왼쪽 눈을 포함한 얼굴의 반을 잃었다. 그때의 사고를 베리는 이렇게 회상했다.

"관찰하던 곰이 갑자기 사라져서 어디로 갔나 했더니 바로 코앞까지 다가온 거야. 일단 거리를 둬야겠다 싶어서 근처에 있는 나무로 달려갔지. 가는 도중에 따라잡혀서 풀숲으로 뛰어들었지만 곰이 내 머리를 이미 물어뜯기 시작했어. 그때의 기분은 말로 표현할 수 없어.”

그로부터 10년이 흘렀고 베리는 알래스카에서 다시 곰에 대한 연구를 시작하려는 중이다. 주제는 '인간과 곰의 공존'.

“동물의 뇌라는 것은 끝없는 시간을 들여서 쓴 한 편의 책이라고 생각해. 그 속 어딘가에 인간도 존재할 거야. 계속 관계를 맺어왔으니까.”

어느 날 밤, 난롯불을 쬐며 베리는 자신의 자연관에 대해 말하기 시작했다.

“생물의 종이 사라져간다는 것은, 인간이 자신들에 대해 알 수 있는 도서관에서 책을 한 권씩 없앤다는 뜻이야. 신비한 퍼즐을 푸는 열쇠를 한 개씩 잃는 것과 같아.”

베리의 이야기에선 자연에게 목숨을 뺏길 뻔한 과거를 엿볼 수 없었다.

하지만 딱 한 번 이런 일이 있었다. 보트를 타고 어미 곰과 새끼 곰을 관찰하고 있었는데 새끼 곰이 물속에 들어오려고 했다. 그때의 베리는 조금 이상하게 허둥댔다. 우리는 보트 위에 있어서 당연히 안전했는데도 말이다.

하버드 빙하

1984년, 나는 알래스카 남부의 작은 어촌인 야쿠타트에서 하버드 빙하 근처까지 보트로 데려다줄 사람을 찾고 있었다. 오래전부터 그 빙하가 보고 싶었다. 복잡하게 형성된 야쿠타트 만 안쪽에 숨어 있는 하버드 빙하는 지금까지 사람 눈에 띈 적이 거의 없었음이 틀림없다.

마흔 살 전후로 보이는 마을 아주머니가 나를 보트로 데려다주기로 했다. 팔뚝이 나보다 두 배는 더 굵었다. 그런데 그녀 또한 그 빙하까지 간 적은 없다고 했다.

야쿠타트에서 출발한 지 약 두 시간. 긴 하구를 지나 안쪽으로 들어가자 앞쪽에 점점 얼음덩어리가 들어차 수로를 찾기가 힘들었다.

"괜찮을까요? 위험하면 돌아가죠. 당신 판단에 따를게요."

"걱정 안 해도 돼요. 빙하까지 이제 얼마 안 남았으니까."

실제로 빙하는 이미 눈앞에 있었다. 하버드 빙하 벽은 고층빌딩만큼 높아서 위압감이 느껴졌고 부빙이 바다를 가득 메우며 떠 있었다. 거의 빙점에 가까운 이 바다에 떨어지면 생존할 수 있는 시간은 아마 십오 분 정도일 것이다.

빙하 앞쪽에 있는 해변에 상륙하여 짐을 보트에서 내릴 때였다. 갑자기 폭발음과 함께 빙벽 전체가 연쇄 반응처럼 무너지기 시작했다. 도망쳐야 했다. 이미 작은 쓰나미가 우리 쪽으로 곧장 밀려오고 있었다. 하지만 무슨 일인지 보트 엔진에 시동이 걸리지 않았다. 우리는 혼란에 빠졌다.

빙벽이 붕괴한 지 몇 분 후 큰 파도가 밀려와 보트를 휩쓸고 지나갔다. 온몸이 흠뻑 젖은 상태로 간신히 짐만 건질 수 있었다. 나는 급류에 떠내려가는 보트를 멍하니 바라봤고 아주머니는 공포에 사로잡힌 채 보트를 잃은 충격으로 흐느꼈다.

일단 불을 피워 몸을 따뜻하게 해야 했다. 밤이 되고 야쿠타트에서 구조 보트가 왔다. 아주머니는 보트를 타고 마을로 돌아갔고 나는 그곳에 남기로 했다.

일주일 동안 나는 하버드 빙하의 엄청난 붕괴를 내내 지켜봤다. 붕괴할 때마다 땅이 흔들렸고, 해변으로 밀려오는 큰 파도는 때때로 기절한 물고기를 남기고 갔다. 당연히 저녁 반찬으로 삼았다. 갈매기도 빙하가 붕괴한 바다 위로 몰려들었다.

밤에 해변에 앉아 하늘에 총총 떠 있는 별 아래서 빙하가 삐걱거리고 무너지는 소리를 들었다. 만물이 끊임없이 움직이며 변화하고 있다는 생각이 들었다.

그로부터 2년 후 이 빙하가 갑자기 전진을 시작해, 야쿠타트만을 순식간에 반으로 쪼개놓았다. 빙하라고는 생각할 수 없을 만큼 빠른 속도로 흘러간 것이다. 한동안 바다는 호수로 변했고 많은 해양생물이 그 속에 갇혔다. 현재 전 세계의 빙하학자들이 뜨거운 시선으로 이 빙하의 행방을 지켜보고 있다. 나를 보트에 태워준 야쿠타트의 아주머니는 두 번 다시 이 빙하에 다가가지 않겠지?

그때 내가 텐트를 쳤던 땅이 지금은 빙하 밑에 있다.

소녀 애나

아무래도 길을 잃은 모양이었다. 도저히 찾을 수가 없었다.

"산기슭에 다시 한 번 가보자. 어딘가에 호수가 있을 거야."

키스가 외쳤다. 나와 아노아, 알루냐, 게다가 개들까지도 마치 기관차처럼 일제히 하얀 입김을 내뱉었다. 이른 봄인데도 확실히 겨울처럼 추웠다. 이게 무슨 일이란 말인가. 친구의 집을 못 찾다니.

나는 친구의 가족과 서부 브룩스 산맥 골짜기에 있었다. 봄이 온 지 얼마 안 된 4월의 알래스카 북극권. 미풍이 볼을 찌르는 듯했다. 깊은 눈 위에 수많은 카리부의 발자국이 뻗어 있었다. 봄의 계절이동이 시작된 것이다.

친구 가족이란 코북 강 유역에 사는 키스 존스 가족을 말한다. 아내 아노아와 열세 살인 알루냐가 함께 있었다. 알루냐는 갓난아기 때 키스와 아노아가 입양한 에스키모 양자다.

알래스카에는 다양한 사람들이 찾아왔다. 그중에는 그때까지의 가치관을 버리고 선주민의 생활을 배워, 그것을 대대로 이어가려고 하는 사람들이 있었다. 그들은 알래스카에 공식적으로 모습을 드러내지 않았다. 키스 가족이나 지금 찾아가고 있는 더그 케인 가족도 이 땅의 에스키모에게서 많은 것을 배우며 들판 생활을 이어온 사람들이었다.

다시 한 번 개썰매를 달렸다. 간신히 얼어붙은 호수를 발견해 곧장 가로지르자 언덕 위에서 연기가 피어오르는 것이 보였다.

더그의 집은 흙으로 지었다. 정확히 말하자면 통나무 뼈대 위에 툰드라의 이끼를 두껍게 덮어씌워놓았다. 저장고에 카리부 가죽 세 장을 말려둔 것이 보였다. 흙으로 둘러싼 터널 같은 집의 입구에 서자, 온통 눈으로 뒤덮인 브룩스 산맥의 광대한 계곡이 한눈에 바라다보였다.

"올해는 눈이 많이 오는군. 카리부 떼가 벌써 이동하기 시작했겠어."

그은 얼굴에 진 주름에서 더그의 들판 생활을 짐작할 수 있었다.

"시장하죠? 카리부 고기 스튜와 애나가 오늘 아침에 구운 빵이 있어요."

아내 크리스틴은 생활의 모습과는 정반대로 소녀 같은 사람이었다. 아무렇지 않게 올려놓은 해표유(에스키모 식생활에서 빠뜨릴 수 없는, 바다표범의 지방을 녹인 기름)가 그들의 생활과 이 땅의 깊은 관계를 말해주었다.

아홉 살짜리 딸 애나를 만났다. 눈빛이 야생적인 그 아이는 알루냐에게 함께 개썰매를 타고 어딘가로 가자고 했다. 나는 애나가 오늘 아침에 구웠다는 빵을 먹으며 잠시 어떤 일을 생각했다.

밖에 나가보니 애나가 날뛰는 개들을 솜씨 좋게 줄 세워 개썰매용 목걸이를 달고 있었다. 아홉 살짜리 소녀치고는 지나칠 정도로 늠름한 모습이었다. 학교도 간 적이 없으니 분명 친구가 그리울 것이다. 나는 애나가 자신보다 나이가 많은 알루냐를 썰매에 태우고 구령을 내리며 달려가는 것을 계속 바라보고 있었다. 들판 생활에는 어떤 생활에나 그렇듯이 장단점이 존재한다. 애나는 어떤 아가씨로 성장할까? 애나가 조종하는 개썰매가 마침내 점이 되더니, 얼어붙은 호수를 건너 눈 내리는 들판 속으로 사라져갔다.

그해 겨울, 나는 더그에게 애나의 성장 과정을 카레라에 담을 수 있게 해달라고 편지를 썼다. 아마 크리스마스 우편을 가지러 코북 강에 내려오는 한 달 후에나 편지를 받게 되겠지?

알래스카 묘비

• 피터 맥키스

영국에서 온 유학생으로 알래스카대학교 대학원에서 빙하학을 전공했다. 알래스카 산악회의 중심인물이다.

사진을 좋아해서 만나면 알래스카의 산과 사진에 대한 이야기를 나눴다. 나는 그가 찍은 꽃 사진을 좋아했다. 빛을 사용하는 방법이 훌륭해서 취미로 찍는 것이 아까웠다.

1979년 알래스카 산맥에서 눈사태를 만나 사망했다. 추도식에서 피터가 찍은 사진이 벽에 걸렸고 좋아하던 블루그래스가 흘렀다.

- 빌 루스

동물 사진가. 직업이 같은 동료라서 매년 가을 매킨리 국립공원에서 함께 지냈다. 조용하면서도 독특한 유머 센스가 있는 쾌남이었다. 흉내를 잘 내서 언제나 모두를 웃겼다.

몇 년에 걸쳐 지은 멋진 통나무집이 겨우 완성된 1983년, 알래스카 하이웨이에서 자동차 사고로 사망했다. 무스를 관찰하는 것을 좋아했다. 빌이 자주 올랐던 이글 협곡의 언덕 위에 동료들과 함께 재를 묻었다.

- 프랜시스 랜들

등산가이자 바이올리니스트인 슈퍼 레이디였다.

여름에는 알래스카 산맥의 카힐트나 빙하 위에 커다란 캔버스 텐트를 치고 매킨리 산을 오르려는 전 세계의 등산가들을 보살폈다. 카힐트나 빙하의 꽃이었다. 일본인 등산가를 위해서 일본어를 공부했고, 긴급사태 때 사용하는 일본어를 트랜시버로 알아들을 수 있는 것을 무척 기뻐했다.

나는 페어뱅크스에 있는 그녀의 통나무집에 여름내 살았다.

겨울이 되면 프랜시스는 페어뱅크스 심포니에서 바이올린을 연주했다.

1984년 가을, 암이 발병한 사실을 알게 됐다. 그해 겨울, 좋아하는 뉴욕에 가 온종일 산책하고 이튿날 사망했다. 페어뱅크스에서 음악가를 위한 프랜시스 랜들 기금이 설립되었다.

세스나의 소리

나는 소형 비행기의 프로펠러 소리를 좋아한다. 알래스카를 여행할 때는 언제나 이 소리를 기다리는 것만 같다.

카리부를 촬영하기 위해 봄의 알래스카 북극권에 들어갔다. 세스나에 스키를 달았다. 눈이 녹기 전에 베이스캠프를 설치해야 했다. 일단 눈이 녹기 시작하면 세스나에 바퀴 대신 스키를 장착해도 착륙할 수 없기 때문이다. 눈이 완전히 녹아서 땅이 단단해질 때까지 약 2주를 기다려야 겨우 바퀴를 내려 착륙할 수 있다. 그사이 내 베이스캠프는 육지의 외딴섬이 된다. 불의의 사고를 당해도 아무도 도와주러 올 수 없다.

올해는 눈이 녹는 시기가 빨랐다. 포트유콘이라는 인디언 마을을 떠나 두 시간 넘게 비행한 끝에, 목적지인 계곡에 도착했다. 그러나 착륙할 만한 장소가 아무 데도 없었다. 몇 군데 지점을 여러 번 선회했지만 아무래도 눈의 양이 적었다. 위험을 무릅쓸 수는 없었지만 어떻게든 착륙해주었으면 하고 바랐다. 카리부의 계절이동이 벌써 시작돼 있었다.

"어려워 보여?"

"안 되겠는데? 얼어붙은 강 위에 착륙을 시도해볼게."

우리는 마이크와 헤드폰으로 이야기했다. 이렇게 하지 않으면 프로펠러 소리에 묻혀서 아무 소리도 들리지 않는다.

얼어붙은 강을 시도해보기로 했다. 하지만 강도 이미 녹기 시작한 상태였다. 얼음 두께가 얼마나 될까? 착륙할 수 있을 만큼 단단할까?

막상 하강하려니 착륙 거리가 충분한 빙면이 보이지 않았다. 날까지 흐려서 표면의 굴곡도 확실히 알 수 없었다. 과감히 저공비행을 했다. 조금 상류로 가니 어떻게든 가능성이 있는 장소가 눈에 들어왔다.

"내려가볼까?"

"마지막 기회잖아. 연료는 충분해?"

계곡에 들어와 착륙 장소만 찾은 지 한 시간 가까이 되어가고 있었다. 파일럿이 돌아갈 때 쓸 연료가 걱정됐다.

마지막 착륙을 시도했다. 스치는 듯 활주하며 얼음 상태를 살피고 그대로 곧장 날아올랐다. 열 번 가까이 반복했을까?

"자, 간다."

파일럿이 중얼거렸다. 그는 온 신경을 집중하고 있었다. 긴장이 됐다. 세스나가 으드득 하는 엄청난 소리를 내며 여러 번 얼음 바닥에 부딪혀 튀어오르다가 마침내 멈춰 섰다. 식은땀이 흘렀다. 나는 파일럿과 악수를 나눴다.

"3주 후에 또 만나."

산더미 같은 내 짐을 얼음 위에 내려주고 세스나는 폭음과 함께 산등성이 너머로 사라졌다. 정신이 아득해질 듯 광활한 알래스카 북극권 가운데 홀로 남아 앞으로 3주 동안 사람을 만날 일이 없었다. 배낭 위에 걸터앉아 폭음의 여운을 잠시 들었다.

과장해서 말하자면 그 소리는 나에게 '생명의 소리'였다.

3주가 지나고 세스나가 나를 데리러 왔을 때 툰드라에는 꽃이 만발해 있었다. 수많은 카리부 떼도 지나갔다. 그날 나는 세스나의 프로펠러 소리를 기다리며 그저 남쪽 산등성이 쪽으로 귀를 기울였다. 모기 한 마리의 날개 소리도 세스나의 소리로 착각할 수 있으니까.

해표유

점심식사 때가 되어 보트 엔진을 끄고 이른 봄 베링 해를 유랑하기 시작했다. 바람은 차가웠지만 햇볕은 벌써 따뜻했다. 호사북방오리가 무리 지어 북쪽으로 곧장 날아갔다. 철새가 봄의 알래스카 북극권에 둥지를 치러 오는 시기다.

지금은 해안의 에스키모들이 바다표범을 사냥하는 계절이다. 나와 에스키모 에눅은 아침부터 유빙 속에서 바다표범을 찾아다니고 있었다.

말린 바다표범 고기, 얼린 카리부 생고기, 화이트피시(극북의 강에서 잡히는 흰살 생선)가 우리의 점심이었다. 에녹은 해표유가 든 병을 열고 무엇을 먹든 그 기름에 찍어 먹었다. 강렬한 냄새가 코를 찔렀다. 해표유란 바다표범의 지방을 녹인 액체 상태의 기름을 말한다.

만드는 방법은 먼저 막대 모양으로 자른 지방을 나무통 속에 포개어 넣고 뚜껑을 덮는다. 바다표범 속을 도려내어 주머니 모양으로 만든 것에 채우는 경우도 많다. 그러고 따뜻한 장소에 두면 지방이 자연스럽게 녹는다. 마을에 따라서는 조금 발효시켜 맛을 내는 곳도 있다고 한다.

나도 말린 바다표범 고기를 해표유에 찍어서 먹기 시작했다. 처음 먹었을 땐 냄새가 너무 지독해서 애를 먹었지만 지금은 이미 적응했다. 이런 장소에서 먹는 해표유는 정말로 몸을 따뜻하게 해준다.

해표유를 찍어 먹는 나에게 에녹이 무슨 말을 한 것도 아닌데 어쩐지 분위기가 부드러워졌다. 전에도 똑같은 경험을 한 적이 있다. 그때는 에스키모 네다섯 명 사이에 있었다. 역시 누가 무슨 말을 한 것도 아니었다. 하지만 어쩐지 그들이 보고 있는 기분이 들었다. 내가 해표유에 손을 대는지 마는지.

어느 민족에게나 자신이 사는 곳으로 돌아가고 싶게 하는 맛이 있다. 그 맛은 이방인 앞에서는 어딘지 부끄러우면서도 왠지 자랑하고 싶은, 뭔가 섬세한 것인지도 모른다.

인간은 결국 맛있는 것을 먹는다. 다만, 익숙해지는 데 시간이 걸리는 맛이 있다는 정도의 차이일 뿐이라고 생각한다.

사소한 일이지만 식문화를 공유하는 것은 상대방과 마주하는 것과 같다.

생활이 서구화되면서, 일찍이 해양 동물로 만들었던 다양한 것들이 사라지고 있다. 옷, 도구, 보트의 가죽, 로프. 그리고 식용으로 쓰이는 고기까지 새로운 것으로 대체하려 하고 있다.

그렇지만 식생활에서 사라지면 민족의 정체성을 잃게 되는 음식이 있다. 해표유는 사라져가는 언어만큼이나 그들의 문화 속에서 강한 위치를 차지하고 있었으나 현재 식탁 위에 해표유가 보이지 않는 에스키모 세대가 확실히 늘고 있는 게 사실이다.

배가 불러진 우리는 다시 이른 봄의 유빙 속에서 바다표범의 모습을 쫓았다.

카리부의 골짜기

해질녘 강가에 길을 잃은 새끼 카리부가 있었다. 태어난 지 며칠 안 되어 필사적으로 어미를 찾고 있었다. 나를 확인하고 싶었는지 내 쪽으로 천천히 다가왔다. 손이 닿을락 말락 한 순간, 마음이 바뀐 듯이 새끼 카리부는 재빨리 뒤로 물러났다.

5월의 알래스카 북극권. 브룩스 산맥에 있는 계곡에서 지금까지 몇 번이나 봄을 맞이했을까? 카리부는 봄의 계절이동 때 이 계곡을 지나간다. 1,000킬로미터에 달하는 카리부의 여행. 이미 카리부 떼 수천 마리가 계곡을 건너갔다.

나는 베이스캠프 근처 산에 올라 평평한 바위에 앉아, 북쪽으로 행진하는 카리부 떼를 내려다봤다. 이 계곡은 수백수천 년 동안 반복해서 이용되어온 길일지도 모른다.

아주 먼 옛날, 예를 들어 1,000년 전 어느 봄날, 나처럼 누군가가 평평한 바위 위에서 카리부를 내려다보지 않았을까? 그만큼 사냥터로 유리한 계곡이었다. 만약 그랬다면, 그 사냥꾼은 에스키모였을까? 아니면 극북 인디언? 아무도 모르는 이름 없는 계곡이지만 분명히 많은 이야기를 숨기고 있을 것이다.

거대한 카리부 떼가 지나간 후, 그리즐리 어미와 새끼를 강가에서 발견했다. 또 며칠 후에는 검은 늑대가 툰드라 저편에서 나타났다. 아직 점처럼 보이는 거리인데도 늑대는 나를 눈치 채고 섬광처럼 사라졌다. 그들 역시 카리부의 이동을 쫓고 있을 것이다. 잔설 위에 늑대와 카리부의 발자국이 교차했다. 갓 태어난 새끼 카리부도 분명히 노렸을 것이다. 자연은 긴장감이 있지만 하나의 완성된 세계를 보여줬다.

이 땅에 그림엽서에서 볼 수 있는 멋진 풍경은 없다. 평평한 바위에서 바라보면 볼품없는 산맥이 끝없이 이어지고, 그 사이를 아무도 밟지 않은 무수히 많은 계곡이 가득 채울 뿐이다. 나는 이 극북의 산악 지역을 좋아한다. 아무도 손대지 않은 자연이 지닌 분위기가 마음에 든다.

알래스카에 사는 사람들도 이 계곡을 보는 일이 없을 것이다. 거대한 카리부 떼가 떠돌아다니고 늑대가 배회하는 땅을 보지 않고 일생을 마칠 것이다. 하지만 좋지 않을까? 어딘가에 그런 세계가 존재하고 숨 쉬고 있다는 것을 떠올릴 수 있다면……

어미를 놓쳐 길을 잃은 새끼 카리부는 작게 울부짖으며 백야의 툰드라로 사라졌다. 더는 살아남을 수 없을 것이다.

이 계곡을 포함한 극북해 연안의 광대한 지역은 지금 거대한 유전 개발의 대상이 되려 하고 있다.

그리즐리에게 도전한 무스

1987년 6월 15일 오후 세 시, 알래스카 산맥 토클랫 계곡의 언덕 위에서 어미 무스와 새끼 무스를 발견했다. 생후 약 2주 정도 됐을까? 새끼 무스 두 마리는 때때로 발로 차 뛰어오르며 서로 장난을 쳤다. 처음 맞는 봄이니 주위의 모든 것이 신선한 세계일 것이다.

꽃냄새, 바스락거리며 흔들리는 사시나무의 나뭇잎 소리, 숲 속에 울려 퍼지는 아메리카 붉은 다람쥐의 경계음, 차가운 물, 그리고 어미의 맛있는 젖. 분명히 새끼 무스는 자기 몸이 움직이는 것도 신기할 것이다. 펄쩍 뛰고 뒤쫓다 걷어차이며 자신의 세계를 터득해간다.

갑자기 무스 모자의 모습이 이상해졌다. 세 마리는 바싹 달라붙어 주위를 경계하기 시작했다.

순간, 덤불 속에서 그리즐리가 나타났다.

새끼 무스에게는 일단 생후 몇 주 동안 살아남는 것이 가장 힘든 고비였다. 늑대나 그리즐리가 아직 잘 달리지 못하는 이 시기를 노리기 때문이다. 어미가 새끼 한 마리는 지킬 수 있어도 두 마리를 동시에 지키는 것은 쉬운 일이 아니었다. 가을이 되어 성장한 새끼 두 마리를 동반한 무스를 보는 일은 매우 드물었다.

그때 생각지도 않은 일이 일어났다. 어미 무스가 새끼 두 마리를 남기고 그리즐리에게 다가간 것이다. 더 이상 도망칠 수 없다고 깨달은 걸까. 그리즐리가 걸음을 멈췄다. 무스도 멈춰 섰다. 둘은 잠시 서로를 바라보았다. 그리고 무스가 다음 한 발을 내딛은 순간 그리즐리의 기가 꺾였다.

무스가 단숨에 공격에 나섰다. 그리즐리가 몸을 돌리며 도망쳤다. 무스의 공격은 집요했다. 그리즐리가 이미 등을 돌렸는데도, 단념하지 않고 계속 뒤를 쫓았다. 새끼 무스 두 마리는 멍하니 그 모습을 바라보고 있었다.

예전에 똑같은 상황을 맞닥뜨린 적이 있다. 그때는 어미 무스가 산 위까지 그리즐리를 쫓는 동안 새끼 무스가 멀리 떨어진 덤불 속에 숨어버렸다. 돌아온 어미는 아무리 해도 새끼를 찾을 수 없었다. 혼란에 빠진 어미는 믿을 수 없는 행동을 했다. 다시 산을 올라 그리즐리에게 다가간 것이다.

새끼 무스가 보이지 않는 이유를 그리즐리에게 다시 한 번 확인하고 싶었을까? 포식자와 먹잇감의 관계가 뒤집히는 순간이었다. 먹히는 자가 먹는 자에게 한계까지 접근해 간 것이다. 그 후 새끼와 어미 무스가 서로 만났는지는 알 수 없었다.

한편 이른 봄 툰드라에서 그리즐리를 쫓아낸 어미 무스는 그제야 마음이 놓인 듯이 새끼 무스의 곁으로 돌아왔다. 불과 몇 분 동안 일어난 드라마였다. 살아남은 새끼 무스도, 몹시 놀라 도망간 그리즐리도 뭔가를 배웠을 것이다.

약자는 반드시 지켜야 하는 것이 있으면 때로 강자와의 입장을 뒤바꿔버린다. 그것이 죽을 각오로 덤비는 행동이 지닌 힘이 아닐까?

해달의 바다

남알래스카의 바다, 프린스 윌리엄 사운드는 수많은 섬들이 곳곳에 흩어져 있는 아름다운 내해다. 콜롬비아 빙하를 비롯해 여러 빙하가 흘러들어, 솔송나무와 싯카 가문비나무가 어우러진 침엽수림이 해변까지 뒤덮고 있다. 아마존 열대우림을 훨씬 뛰어넘는 연간 강수량이 이 숲과 빙하의 풍경을 만들어냈다.

5월 어느 날, 나는 코르도바라는 어촌에서 보트를 타고 바다로 나왔다. 며칠 동안 프린스 윌리엄 사운드의 서쪽 섬들을 둘러보고 싶었다. 내 눈으로 직접 보고 확인해두고 싶은 것이 있었기 때문이다.

 오후부터 서서히 안개에 휩싸이기 시작하더니 얼마 후 앞이 거의 보이지 않았다. 안개 속에서 작은 바위섬이 나타났고, 이 섬에서 안개가 걷히기를 기다리기로 했다. 반경 약 30미터 정도의 손바닥만 한 섬이었다.

 수많은 수리갈매기들이 하늘로 날아올랐다. 여기에서 둥지를 틀었나 보다. 알을 낳기 위한 구덩이가 이미 완성되었다. 하얀 새똥으로 얼룩진 바위 표면에 지의류가 신기한 무늬를 만들며 자라 있었다. 수리갈매기의 똥이 영양분을 공급한 것이다.

 문득 정신을 차리자 해달 한 마리가 내가 있는 암벽 쪽으로 다가오고 있었다. 잘 보니 새끼를 안고 있는 게 아닌가! 나는 바위 뒤로 몸을 숨겼다. 바다 위에 둥실둥실 떠서 양손과 입으로 분주하게 털을 고르고 있었다. 어미와 새끼 해달은 아무런 경계도 하지 않고 15미터 정도 떨어진 암벽 위로 올라왔다. 어미는 다시 하늘을 보며 누웠고 새끼는 그 위에서 뒹굴었다. 평화로운 풍경이었다. 여기에서는 살아 있었구나…… 나는 한 달

전에 본 광경을 떠올렸다.

이곳에서 서쪽으로 40킬로미터 떨어진 곳에서 일어난 북아메리카 최대의 유조선 석유 유출 사고는 프린스 윌리엄 사운드를 원유로 뒤덮었다. 바닷새는 물론 약 3,000마리에 달하는 해달이 원유 범벅이 되어 죽었다.

해달은 바다표범 등 다른 해양 동물처럼 두꺼운 지방이 없다. 이 차가운 바다에서 해달의 생사를 가르는 것은 빽빽한 두 종류의 체모다. 이 체모가 오염되면 해달은 살아갈 수 없다. 부력을 잃고 물에 빠지거나 체온이 급속히 떨어져서 동사한다. 해달은 필사적으로 몸에 묻은 원유를 제거하려고 했을 것이다.

아직 숨이 붙어 있는 해달은 밸디즈로 옮겨졌고 구조팀 사람들에 의해 세정 작업이 이루어졌다. 원유를 제거하고 작은 우리에 넣어진 해달에게, 옆에 있던 여성이 얼굴을 가까이 가져갔다. 아마 달래주고 싶었을 것이다. 그런데 마취로 졸린 얼굴을 하고 있던 해달이 갑자기 이빨을 드러냈고, 소리를 지르며 위협

했다. 여성은 깜짝 놀라 뒷걸음질 쳤다. 해달은 귀여운 동물이라고 인간이 멋대로 만들어낸 이미지에 반하는 순간이었다. 그것은 말 못하는 동물이 인간을 향해 표출한 최고의 분노로 느껴졌다.

북쪽의 차가운 바다에서는 원유가 자연 분해되는 데 시간이 걸린다. 프린스 윌리엄 사운드에서 일어난 해양 오염은 앞으로 오랜 시간 동안 생태계로 퍼져나갈 것이다.

사고 발생 일주일 후 현장에서 가까운 나이트 섬에 갔다. 해변은 거무칙칙한 원유로 빈틈없이 덮여 있었다. 파도가 치는 곳은 해변 생태계의 생명이다. 하지만 그곳은 생명의 기운 없이 기분 나쁠 정도로 조용했다. 레이첼 카슨의 『침묵의 봄』이 생각났다. 봄인데도 새소리가 들리지 않았다.

바람의 새

휙!

민물도요 떼가 바람을 가르며 내 주위를 스쳐 날아갔다. 날개가 내 다리에 살짝 닿은 듯했다.

민물도요 편대는 공중 높이 날아올라 한순간 형태를 무너뜨리는가 싶더니, 마치 자력에 끌린 것처럼 한 덩어리가 된 채 바퀴살 모양으로 지면에 흩어졌다. 그러고는 아무 일도 없었던 것처럼 먹이를 쪼아댔다. 그리고 무엇이 원인인지 다시 한 번 일제히 날아올라 바람 같은 춤을 반복했다.

멕시코, 그보다 더 남쪽에 있는 페루에서 겨울을 난 민물도요는 알래스카의 봄을 향해 수만 킬로미터를 날아온다.

마지막 경로인 캐나다 브리티시 콜롬비아에서 알래스카까지 약 2,000킬로미터는 중간에 쉬지도 않고 한 번에 날아온다. 캐나다에서 영양을 보충하고 지방을 축적한 민물도요는 강한 남풍을 기다렸다가 단숨에 알래스카로 향한다.

다음 날 남알래스카 해안의 삼각주에 도착한 민물도요는 완전히 야위어 있다. 몸길이가 15센티미터 정도에 불과한 새가 몸에 축적한 지방으로 어떻게 2,000킬로미터나 되는 거리를 한 번도 안 쉬고 날 수 있는 것일까?

봄이 되면 알래스카 북극권은 온갖 철새들의 거대한 번식지로 변한다. 이곳 남알래스카 해안의 삼각주는 긴 여행의 마지막 휴식지다. 이곳에서 다시 영양을 보충하고 각자의 번식지로 날아간다. 나는 남미에서 수만 킬로미터나 되는 거리를 날아오는 민물도요 떼를 보고 싶었다.

어느 날 오후, 바다로 튀어나온 바위에 앉아서 남쪽 하늘을 바라볼 때였다. 갑자기 캐나다두루미가 목을 울리는 반가운 소리가 들렸다. 하지만 아무리 열심히 둘러봐도 남쪽 하늘에는 아무것도 보이지 않았다. 정신을 차려보니 머리 위의 하늘 높이 V자 편대가 지나가는 참이었다.

그날은 철새 이동의 드라마가 마치 그림처럼 그려졌다. 민물도요뿐 아니라 울음고니, 쇠기러기, 흰기러기, 흰이마쇠기러기, 등이 V자를 만들며 남쪽 하늘에서 잇달아 모습을 드러냈다. 어떻게 이렇게 정확할까? 봄의 달력을 어떻게 몸에 내재시키는 것일까?

일주일이나 계속 내린 비가 겨우 그친 날 저녁에 나는 썰물이 진 해변에 있었다. 민물도요는 먹이를 쪼아대며 바쁜 듯이 돌아다녔다. 물가가 갑각류나 조개를 찾기 쉬울 것이다.

썰물 때에 맞춰서 민물도요 떼도 이동했다. 꼼짝 않고 있었더니 마침내 민물도요 수만 마리가 나를 에워쌌다. 울음소리가 화음을 이루며 교향곡처럼 나를 감쌌다.

갑자기 구름 사이로 저녁놀이 비치자 민물도요 수만 마리가 순식간에 황금빛으로 물들었다. 며칠 동안 계속된 북풍도 멎어 서서히 남풍으로 바뀌어가고 있었다. 무수히 많은 이 황금빛 작은 생명들은 내일 이 바람을 타고 날아오를 것이다.

'스펜서의 산'

코북 강에 사는 돈 윌리엄을 만나러 갈 때마다 그가 연주하는 피델로를 듣는다. 컨트리 블루그래스…… 하지만 오늘은 돈의 친구 스피티를 위해 만든 곡을 들었다.

〈스펜서의 산〉이라는 영화가 있었다. 젊은 날의 헨리 폰다가 주연한, 와이오밍 주 그랜드티턴 산 기슭에서 미국 개척 시대를 산 어느 가족의 이야기다. 돈에게는 잊을 수 없는 영화였다.

이 영화가 제작된 해인 1962년에, 돈은 그랜드티턴에서 산림 경비원으로 일했다. 영화 속에서 가족이 사는 무대로 나오는 곳이 바로 돈이 산림 경비원 시절에 살던 집이었다. 돈은 〈스펜서의 산〉을 볼 때마다 자신의 젊은 시절을 생각할 것이다.

친구 스피티는 그랜드티턴 시절부터 어울려 지낸 컨트리음악 동료였다. 둘이 함께 영화 촬영 현장을 쭉 지켜봤다고 한다. 돈에게 헨리 폰다는 특별하게 마음이 가는 배우가 되었다. 영화의 클라이맥스 장면은 주인공의 연로한 아버지가 숲에서 나무 밑에 깔려 죽고 새로운 가족의 시대로 옮겨가는 장면이었다. 그후 돈은 와이오밍 주를 떠나 알래스카로 왔고, 스피티는 그랜드티턴 산 기슭에서 목장을 계속 운영했다.

그로부터 25년이 지났다. 돈은 들판 생활을 거쳐 지금은 알래스카 북극권 코북 강 유역의 도시 앰블러에 산다. 에스키모아내와 세 아이들. 작은 부품가게를 운영하고 있다. 작년 수익금은 180달러이며 저금해놓은 돈은 없다. 봄과 가을에 지나가는 카리부와 코북 강에서 잡는 물고기가 어떻게든 생활을 보태고 있다.

돈은 입버릇처럼 내게 말했다.

"미치오, 지금 있는 것으로 충분해. 내일은 어떻게든 될 거야. 어제는 이미 지나갔다고."

도쿄에 있으면 때때로 돈이 연주하는 피델로가 몹시 듣고 싶어졌다.

돈과 스피티는 알래스카와 와이오밍에 떨어져 지냈어도 언제나 음악으로 이어졌다. 돈이 장거리 전화의 수화기 앞에서 새로 터득한 곡을 피델로로 연주해 들려주는 장면을 몇 번이나 봤다. 〈스펜서의 산〉을 녹화해 보며 스피티와 카우보이처럼 지냈던 그랜드티턴의 추억 얘기를 몇 번이나 들었는지 모른다. 그는 알래스카에 살았지만 마음의 반은 그랜드티턴에 있었다.

"두 달 전 스피티의 아내한테서 전화가 왔어. 스피티가 숲에 겨울 장작을 베러 갔던 모양이야. 이미 충분하다고 했는데 하나만 더 베어오겠다며 나갔대. 결국 마지막에 벤 그 나무 밑에 깔려서 죽었어."

벽에 스피티의 사진이 핀으로 고정되어 있었다. 돈은 예전에
그를 위해 만든 왈츠를 연주했다.

그가 〈스펜서의 산〉을 더 이상 보지 않을 것이라는 생각이
들었다.

돌산양

6월의 이글 산에서 돌산양 무리를 찾아다녔다. 산악지대에
사는 이 야생 양은 가파른 경사면을 특히 좋아한다.

산꼭대기 근처에서 흰 점 무리를 발견한 나는 눈이 녹은 강
을 건너 천천히 산에 올랐다. 잔설로 뒤덮인 산을 지나가는 바
람이 땀에 젖은 몸을 기분 좋게 만들었다.

같은 경사면에 사는 마못의 날카로운 경계음에 돌산양 무리
가 긴장했다. 검독수리 두 마리가 계곡에서 올라오는 바람을 타
고 머리 위를 활공했다. 예전에 검독수리가 새끼 돌산양을 낚
아채 가려고 하는 광경을 본 적이 있다.

이 지역에서는 오랫동안 돌산양 사냥이 금지되어 있기 때문

인지 돌산양이 사람을 두려워하는 경우가 별로 없다. 가까이 다가가려면 절대로 숨어서는 안 된다. 언제나 자신이 있는 위치를 알려야 한다.

산꼭대기 바로 밑에 있는 바위에 앉아 있으니 어디선가 노랫소리가 들렸다. 주위를 둘러봐도 아무도 없었다. 이상하다 싶었는데 역시 여성의 노랫소리가 들렸다. 광활한 풍경 속에서 기분 좋은 바람과 멜로디가 조화를 이루어 왠지 멋이 있었다.

산등성이에서 누군가가 나타났다. 멀리 떨어져 있었지만 서로를 깨닫고 손을 흔들었다. 알래스카대학교 대학원생 재닛이었다. 석사 논문을 위해 돌산양 어미와 새끼의 관계를 연구하고 있었다. 잠시 후 재닛의 현장 조사를 돕는 앨리스가 산등성이에서 나타났고 산비탈을 내려와 내 쪽으로 왔다.

둘 다 산을 좋아해서 앞으로 고산지대의 생물학을 연구하고 싶다고 했다. 한 사람이 나와 대화를 나누는 동안 다른 한 사람이 노래를 불렀다. 그 모습이 눈부실 정도로 밝았다.

"오늘 새끼 낳는 모습을 볼 수 있을지 몰라요."

쌍안경을 들여다보며 재닛이 말했다. 그것은 한쪽 눈을 잃은 돌산양이었다. 무리 중에서 이 암컷만 아직 출산이 끝나지 않았다고 한다.

저녁이 되고 그 돌산양이 무리에서 떨어져 산을 오르기 시작했다. 출산의 첫 징조였다. 우리는 산꼭대기에 앉아 그 순간을 기다렸다. 오래전 빙하가 후퇴해서 생긴 광대한 U자 계곡이 눈앞에 펼쳐졌다.

광활한 공간…… 알래스카를 여행하면 언제나 그런 생각이 든다. 이런 풍경 속에서 바람을 맞으면 사람의 일생에는 자연이라는 또 하나의 현실이 있음을 새삼 깨닫게 된다.

몇 년 전 이 산등성이에서 밤에 캠핑을 한 적이 있다. U자 계곡이 달빛을 받으며 드러나 장관을 이루었고, 너무 많다 싶을 정도로 떨어지는 별똥별이 별자리 사이를 누비며 사라지는, 굉장히 멋진 밤이었다.

갑자기 별똥별 하나가 계속해서 사라지지 않고 있다는 것을 깨달았다. 인공위성이었다. 인간이 만들어낸 그 별은 천천히, 아

니 확실히는 엄청난 속도로 알래스카의 밤하늘을 날아서 사라
져갔다.

돌산양 무리가 산등성이 아래서 잠들기 시작했다. 인간이라
는 종이 이룩한 문명이 설령 꼼짝할 수 없이 막다른 골목으로
가는 길을 감추고 있다 해도, 알래스카의 밤하늘에 떠 있는 인
공위성을 봤을 때는 이상한 감동을 받았었다.

"이제 곧 태어날 거예요."

재닛이 쌍안경에서 눈을 떼지 않고 작은 목소리로 말했다.

옆으로 누워 있던 돌산양이 갑자기 뒷다리를 강하게 차기 시
작하더니 붉은빛을 띤 작은 덩어리가 튀어나와 해질녘의 풀숲
을 뒹굴었다.

제이 하몬드

제이 하몬드를 찾아갔다. 그의 집까지 가는 일은 쉽지 않았
다. 앵커리지에서 두 시간을 날아 레이크 클라크라는 호수에 가
면 그곳에 포트 알스워스라는 작은 마을이 있다. 알래스카 지
도를 펼치면 완전히 검은 점으로 나와 있는데, 별다른 이유는

없고 단지 여덟 가족이 살아서였다.

　제이 하몬드의 집은 이곳에서 호수를 끼고 거의 맞은편에 자리했다. 1940년대에 만들었다는 낡은 소형 비행기로 갈아타고 바다 같은 호수를 횡단했다. 푸른 물로 가득 찬 레이크 클라크, 눈앞에 펼쳐진 원시림. 옆에서 부는 강한 바람 사이를 뚫고 집 앞의 해변에 착륙했다.

　제이 하몬드는 아내 베라와 함께 전기도 들어오지 않는 이 고립된 들판에 살았다. 알래스카에 사는 대부분의 사람들이 그의 생활을 부러운 시선으로 바라봤다. 그는 들판을 개척해 집을 짓고 살면 그곳이 곧 자신의 땅이 되는, 홈스테드 법이라는 제도가 있던 좋은 시절에 알래스카에 왔다. 그리고 최고의 장소를 선택했다.

　통나무집은 따뜻했다. 베라가 오븐의 불을 장작으로 조절하며 빵을 구웠다. 그녀에게는 에스키모의 피가 조금 섞여 있었다. 제이는 열흘 전쯤 아침에 있었던 일에 대해 말해줬다.

　"아침을 먹고 있었는데 별생각 없이 거실 큰 창문을 봤더니 엄청 커다란 그리즐리가 유리창에 코를 대고 집 안을 들여다보고 있는 거예요."

겨울이 되면 집 앞에 꽁꽁 얼어붙은 호수는 늑대 무리가 지나다니는 길이 된다고 한다. 제이는 불편한 자세로 난로에 장작을 지폈다. 그는 양쪽 발목이 불편했다.

"예전에 부시파일럿을 하던 시절이에요. 어느 겨울날 에스키모 마을에 물자를 운반했는데 그 마을에는 활주로가 없어서 근처 얼어붙은 호수에 착륙해야 했지요. 얼음 위에서 아이들이 놀고 있더군요. 저공비행하며 착륙 신호를 보냈더니 아이들이 곧바로 호수에서 비켜났어요. 작은 호수라서 멈추는 데 필요한 직선거리가 부족해 어느 한쪽으로 방향을 틀어야 했는데, 착륙하자마자 양쪽에서 아이들이 얼음 위로 돌아오지 뭡니까. 이미 손을 쓰기엔 늦어서 방향을 틀 수가 없었지요. 활주하던 세스나에서 뛰쳐나와 날개에 매달려서는 내 발로 멈추려고 했는데, 버려진 나무상자가 얼음 틈새에 끼어 있기에 두 발을 걸었다가 결국 복잡골절이 되고 말았습니다. 마을에서 며칠 누워 있는 동안 다리가 두 배로 부어오르더라고요. 빨리 수술을 받아야 했는데 마을에 파일럿이 없었어요. 옛날에는 외부와 연락하기도 힘들었잖아요? 어쨌든 내 힘으로 빠져나와야 하는 상황이었죠. 그래서 다리에 부목을 대고 후부 좌석에서 운전할 수 있게 조종석을 개조했어요. 겨우 병원이 있는 딜링햄에 도착했는데 입원하자마자 병원에 화재가 나서 몽땅 타버렸어요…… 믿을 수 없는 이야기죠? 결국 수술은 계속 늦춰지고 말았습니다."

  전 알래스카 주지사인 제이 하몬드는 알래스카에서 가장 사랑받은 정치가일 것이다. 석유 위기를 맞은 1970년대, 미국 본토의 시선이 알래스카에 집중됐다. 석유 개발이냐 환경 보호냐 두 가지 문제로 알래스카가 크게 요동친 8년 동안 제이 하몬드가 주지사를 맡았다. 무엇보다 사람들은 그의 인품과, 퇴임 후 정계로부터 멀어진 생활을 칭찬했다. 저녁을 먹으며 나는 그에게 물었다.
  "다시 한 번 정계로 돌아올 마음이 있나요?"
  "베라와 약속했어요. 주지사 임기를 마치면 원래 생활로 돌아가기로. 지금까지의 인생에서 가장 편한 약속이었죠."

밤이 깊어지자 제이는 랜턴에 불을 밝혔다.

최초의 사람들

이야기는 작년 겨울로 거슬러 올라간다. 남동알래스카의 도시 헤인즈에서 알 길럼이라는 올가미꾼을 만났다.

나는 인디언의 토템폴을 찾고 있었다. 현재 자연 상태로 남은 토템폴은 없다고 한다. 그래서 박물관에 보존된 것이나 관광용으로 새로 만든 것을 볼 수 있는 것이 다였다.

남동알래스카에는 일찍이 독자적인 해양 문화를 구축한 클링킷 인디언이 살았다. 다 썩었어도 괜찮으니 숲속에서 그들이 신화시대에 살았던 시절의 토템폴을 보고 싶었다.

누구에게 물어봐도 그저 웃어넘겼다. 하지만 어딘가에 반드시 잠들어 있는 토템폴이 있을 것이었다. 빙하에 둘러싸인 남동알래스카를 뒤덮는 원시림은 그 정도로 깊고 아무도 발을 들여놓지 않은 곳이었다.

알은 토템폴 대신 신기한 이야기를 들려줬다. 동굴벽화가 있는 장소를 안다는 것이었다. 10년 전 산속에서 우연히 발견했는데 3년 전에 한 고고학자에게 보여준 것 외에는 아무에게도 말한 적이 없다고 했다. 그는 여름이 되면 나를 그곳에 데려가주기로 약속했다. 나는 지금까지 그런 것이 발견되었다는 이야기를 들은 적이 없었다.

6개월이 지난 7월의 어느 날 우리는 에어보트로 칠캣 강을 올라갔다. 프로펠러가 공중에 있는 보트는 아무리 얕은 여울이라도 마치 소금쟁이처럼 앞으로 나아갔다.

두 시간이 지났을까? 강의 원줄기를 벗어나 울창한 솔송나무 숲을 흐르는 가느다란 지류로 들어갔다. 잠시 후 알은 보트를 강가의 풀숲에 댔다.

이끼 긴 숲속에서 곰이 다니는 길을 걸었다. 이끼에 발이 미끄러졌는지 허둥지둥 달아난 무스의 발자국이 있었다.

마침내 집 크기 정도 되는 거대한 바위가 대지처럼 이어지는 세계에 들어갔다. 온갖 지의류가 모자이크처럼 바위를 뒤덮고 있어 마치 일본의 정원을 보는 듯했다. 필시 마지막 빙하기가 물러가며 남겨놓고 간 바위일 것이다.

밑으로 내려가니 눈앞에 45도로 기운 바위 구덩이가 나타났다. 알이 가리키는 방향에 희미하게 붉은 무늬가 바위에 그려져 있었다. 20센티미터 크기에 불과한 작은 정사각형 그림이었다. 유럽이나 아프리카의 고대 동굴벽화를 상상한 터라 조금 실망이 됐다.

주의 깊게 살펴보며 생각했다. 무슨 의미일까? 사람 얼굴 같은 느낌도 들었지만 그렇다고 치면 이마에 제3의 눈이 있었다.

밤이 깊어지자 이 바위 구덩이에서 야영을 하기로 했다. 모기가 너무 많아서 모닥불을 피웠다. 연기가 모기떼를 물리쳐준다.

침낭 속에 들어가 우리는 잠시 아무 말도 하지 않았다. 알의 애견도 잘 곳을 정한 모양인지 모래 위에서 둥글게 몸을 말았다. 바위 벽이 불꽃에 드러나 이끼 낀 원시림의 분위기가 주위를 감쌌다.

"옛날에 이곳에 누군가가 있었다고 상상하면 그 생각을 멈출 수 없어."

알이 말했다. 내 생각도 그와 같았다. 바로 근처의 강물 소리가 들렸다. 이제 연어가 올라오기 시작할 것이다. 이 얼마나 이상적인 생활 터전인가. 이곳에 언제 누가 있었을까?

남동알래스카 원시림에 희미하게 남아 있는 작은 그림은 첫 인상과는 다르게 긴 이야기를 들려주는 듯했다.

이튿날 이곳에서 1킬로미터도 채 떨어지지 않은 숲속에서 우리는 새로운 동굴을 발견했다. 그 안에는 큰 바위와 나무틀을 쌓은 신기한 돌무덤이 있었다.

야광충

남동알래스카에는 길이 없다. 그래서 수많은 섬들을 누비고 나아가 피오르 해안을 여행하는 수밖에 없다.

거친 바다에서 배러노프 섬의 작은 하구에 있는 웜스프링스로 들어가면 완전히 다른 세계 같았다. 흰 물결이 이는 바다는 등 뒤로 사라지고 가늘고 긴 하구는 조용해졌다. 파도가 치는 물가까지 접근한 솔송나무 원시림에서 흰머리수리가 날아올랐다. 뱃소리에 놀랐나 싶었는데 바다 표면 위를 발로 차듯이 하강하더니 다시 침엽수림으로 사라졌다. 물고기를 봤나 보다.

하구 안쪽에서 폭발하듯이 폭포가 떨어졌다. 그 물을 거슬러 올라가면 배러노프의 산들에 둘러싸인 빙하에 도착한다. 웜스프링스는 집 몇 채와 만물상, 온천뿐인 작은 무릉도원이었다. 여름내 어부들이 겨우 쉬러 오지만 겨울에는 완전히 갇힌다.

프레드는 얼마 전 백 살 생일을 맞았다. 아내인 코티르는 일흔여덟. 이 바다에서 고기잡이를 하는 친구의 어선을 타고 몇 번인가 웜스프링스에 들른 우리는 이 노부부와 친해졌다.

"프레드가 갑자기 늙었어."

어부 친구가 중얼거렸다. 나는 백 살치고는 너무 젊다고 생각했는데.

"5년 전, 바다가 거친 날에 둘이 탄 보트 엔진이 고장 났거든. 프레드가 밤바다를 10킬로미터 가까이 노를 저어 웜스프링스에 돌아왔어. 믿을 수 없는 일이었지. 그때 프레드의 나이가 아흔다섯이었어."

우리는 이 노부부를 좋아했다. 특히 코티르의 푸근한 마음에 응석을 부렸다. 서로의 역사도 전혀 몰랐고 알게 된 지도 얼마 안 됐지만 그 집에 가면 마치 내 집처럼 굴었다.

코티르가 알래스카에 온 것은 1960년이었다. 세인트루이스 출신인 그녀는 간호사가 되었지만 그 후 결혼에 실패해서 최대한 고향에서 멀어지고 싶었다고 한다. 흑인 공민권 운동이 시작된 당시의 세인트루이스는 코티르에게 결코 살기 편한 땅이 아니었을 것이다. 남동알래스카의 항구도시 싯카에서 간호사로 취직한 그녀는 프레드와 만나 그대로 알래스카에 정착했다.

유고슬라비아에서 태어난 프레드도 갖은 우여곡절 끝에 알래스카로 건너왔다.

이 세상 사람들의 만남은 한없는 수수께끼로 가득 차 있다.

코티르는 게를 잔뜩 삶았고 나는 며칠 전에 잡은 넙치로 카레라이스를 만들었다. 저녁을 먹으며 우리는 프레드의 젊은 시절 이야기를 들었다. 시카고에서 웨이터로 일하다 쫓겨난 이야기에 배를 잡고 웃었다. 그 외에도 1906년 나가사키에 들렀을 때 항구에서 일하던 여성들의 이가 전부 까맣게 물들어 있어서 놀랐다는 이야기, 유고슬라비아에서 보낸 어린 시절 이야기……

그 이야기를 들으며 나는 젊은 나이에 죽은 친구를 생각했다. 이십 대에 세상을 떠난 사람과 백 살까지 살고 있는 사람. 그 누구도 손댈 수 없는, 저마다 타고난 생명력이 있는 것일까?

어느덧 주제가 이 바다에서 본 야광충 이야기로 바뀌었다. 코티르가 무척 보고 싶어 해서 저녁식사 후 우리는 해변으로 나갔다.

돌을 던지니 바다 위에서 야광충이 은하처럼 반짝거렸다. 양손으로 바닷물을 뜨자 넘치는 물이 보석 같았다. 놀란 물고기가 어두운 바닷속을 야광충의 빛에 휩싸이며 달아났다. 우리는 질리지도 않고 그 행동을 반복했다.

코티르는 어린아이 같은 얼굴로 그 신비로운 빛을 내내 바라보고 있었다.

원주민 토지청구 조례

페어뱅크스에 돌아가 거리에서 오랜만에 알의 모습을 보자 왠지 안심이 됐다. 나는 변두리 카페에 들어가 알과 두서없이 대화하는 것을 좋아했다.

애서배스카 인디언인 알은 '타나나 추장'이라는 인디언 협회에서 일했다. 학생 때부터 알고 지냈으니 벌써 10년이나 됐다. 알래스카 들판에서 자란 알은 뉴욕 출신의 백인 아가씨인 게이와 결혼해서 지금은 다섯 살짜리 아들이 있다. 두 세계를 아는 알은 언제나 어딘지 표표해 보였지만, 변화하는 알래스카의 모습을 주시하고 있었다.

"알, 오랜만이야."

"정말. 어디 갔었어? 슬슬 무스 사냥 계절이 오고 있어."

잔에 가득 찬 커피를 홀짝이며 언제나 사소한 이야기로 대화가 시작됐다. 카페의 손님 절반은 인디언이나 에스키모. 아이들이 카페 안을 뛰어다니고 옆에 앉은 남성은 떠나온 마을 얘기를 하는 모양이다. 이 카페는 사람 사는 냄새가 났다.

"토지청구 조례 건은 어떻게 됐어?"

나는 알에게 종종 이 이야기를 물었다. 알래스카 원주민의 장래를 결정하는 문제가 되어버렸기 때문이다.

알래스카는 북극권 유전 개발로 크게 달라지려 하고 있었다. 그것은 지금까지 불확실하게 남아 있던 하나의 문제를 던졌다. 알래스카는 대체 누구의 땅인가?

오랜 논쟁 끝에 1971년, 알래스카 원주민 토지청구 조례가 의회를 통과했다. 알래스카는 세 개의 땅으로 복잡하게 나뉘었다. 나라에서 60퍼센트, 주에서 30퍼센트, 그리고 원주민(에스키모, 인디언)은 알래스카 전체의 10퍼센트를 소유하게 됐다. 동시에, 그때까지 알래스카 전체에 있던 선주권을 포기하는 대가로 원주민들에게 약 10억 달러의 배상금이 지급됐다.

이 조례에 따라, 땅은 같은 땅에 속하는 지역의 마을들이 한 회사 조직을 만들어 운영해야 했다. 배상금은 그 임금으로 쓰였다. 원주민 한 명 한 명이 주주가 된 것이다.

토지소유권 문제는 이로써 해결된 것처럼 보였다. 그러나 복잡한 내용을 가진 이 조례는 1991년부터 이 땅에 부과될 세금과의 관계로 인해, 본래 전통적인 사냥 생활을 지키기 위해 원주민에게 줬어야 할 땅이 사실은 개발을 전제로 해야 유지될 수 있는 구조였다.

비즈니스 경험이 없는 그들이 운영하는 회사 조직은 대부분 경영난에 빠졌다. 20년의 유예 기간이 끝나는 1991년부터 그들은 땅에 대한 세금을 내야 한다. 세금을 내지 못하면 알래스카 원주민은 땅을 잃는다.

마을 공동체의 구조 또한 바뀌려 하고 있다. 그들에게는 땅을 소유한다는 개념이 없었다. 땅은 매매하는 것이 아니라 그 자리에 있는 것일 뿐이다. 땅은 사냥 생활 속에서 모두가 공유하는, 경계선이 없는 막연한 세계였다.

1991년이 다가오고 있다.

들판에 산다는 것

"가을에 잡은 카리부 고기가 매일 사라졌어. 아무래도 곰이

한 짓이겠거니 싶어서 어느 날 밤 이 오두막 위에 숨어서 계속 기다렸지. 역시 그리즐리가 왔더라고. 그런데 어두워서 잘 보이지 않는 거야. 하지만 때마침 오로라가 나타난 밤이라 때때로 빛이 강해지면 눈 위를 비춰줬어. 그 빛으로 겨우 곰을 쐈지."

어둠 속에서 세스의 이야기를 들었다. 23년 전에 그의 부모님이 지은 사우나 오두막 안. 화력이 센 것은 좋았지만 새빨개진 낡은 난로가 이미 종이처럼 얇아져서 오두막에 불이 붙을까 봐 나는 안절부절못했다.

이곳은 알래스카 북극권의 들판이자 세스가 태어나고 자란 땅이었다. 세스의 부모 하우이와 애나가 서부 북극권을 흐르는 코북 강 유역에서 들판 생활을 시작한 것은 1964년이었다. 두 사람은 알래스카대학교에서 생물학 석사 과정을 막 마친 참이었다. 흙으로 지은 이글루에 살며 사냥을 중심으로 한 자급자족 생활에 들어갔다.

세스는 그 이글루에서 태어났다. 이 가족만큼 코북 강 유역의 에스키모에게 사랑받고 존경받은 백인도 없을 것이다. 세스

338

도 형 콜도 열여덟 살이 되기 전까지 학교에 간 적이 없었다.

콜은 열여덟 살이 되자 들판 생활을 떠나 페어뱅크스로 갔다. 그리고 그곳에 있는 알래스카대학교에 수석으로 입학했다. 지역 신문과의 인터뷰에서 콜은 이렇게 말했다.

"너는 지금까지 그런 산속에서 대체 뭘 했니?"

"그냥…… 생활했어요."

세스도 콜도 이성과 지혜, 생활력, 겸손함, 그리고 뭐라 할 수 없는 따뜻함을 지닌 청년이었다.

5년 전 뇌종양 수술을 받은 어머니 애나는 추운 땅에 사는 것이 힘들어져서 아버지 하우이와 함께 하와이로 이주했다. 올 겨울 두 사람을 보러 하와이에 갔는데, 풍력발전이 태양발전으로 바뀌고 사냥민에서 농민이 된 것을 제외하면 그들의 생활방식에는 아무것도 달라진 것이 없었다.

부모님이 떠나고 들판은 세스의 시대가 되었다. 지금은 코북 강이 내려다보이는 언덕에 집을 짓고 연인인 스테이시와 함께 살고 있다. 그러나 시대 또한 크게 달라지려 하고 있다.

"예전에 이 집은 불을 붙여 태워버리는, 토지관리국 리스트에 올랐었어. 지금도 상황은 그다지 바뀌지 않았지. 연방정부 사람들은 언젠가 우리를 이 땅에서 쫓아낼 거야."

사우나 오두막은 어두컴컴한 탓에 눈앞에서 말하는 세스의 얼굴이 보이지 않았다.

70년대 초까지 알래스카는 진정한 미개척지였다. 자유를 찾아 혹독한 자연 속에서 살아가는 기개 있는 사람은 누구나 들판으로 들어가 집을 짓고 살 수 있었다. 세스의 부모님도 그중 하나였다.

1968년 프루도 만에서의 유전 발견, 그리고 뒤이은 원주민 토지청구 조례는 알래스카를 크게 변화시켰다. 나라, 알래스카주, 그리고 원주민의 토지소유권에 따라 그물 같은 경계선이 알래스카 지도 위에 그어졌다. 개발의 흐름 속에서 정부는 자연보호파의 공격을 피하고 싶었는지, 새롭게 32만 4천 제곱미터에 달하는 토지를 국립공원으로 지정했다.

정신을 차려보니 세스의 집은 코북 국립공원이라는 경계선 안에 들어가 있었다.

알래스카의 자유를 찾아 들판에 들어간 대부분의 사람들이 어느 날 불법침입 통보를 받게 되었다. 아름다운 알래스카의 자연 속에서 다양한 문제가 소용돌이치며 한 시대가 확실히 끝나가려 한다.

우리는 땀을 실컷 흘린 후 알몸 그대로 밖으로 뛰쳐나갔다. 밤하늘이 총총한 별로 가득했다. 이제 겨울이 머지않았다.

가을의 브룩스 산맥

북극권을 동서로 뻗은 브룩스 산맥은 알래스카에서 가장 좋아하는 산악 지역이다. 매킨리 산이 우뚝 솟은 알래스카 산맥처럼 6,000미터급의 고산이나 커다란 빙하가 있는 것은 아니다. 볼품없이 비슷비슷해 보이는 이름 없는 산맥이 이름 없는 계곡을 품고 주름처럼 이어져 있을 뿐. 그러나 이곳은 늑대의 하울링을 들을 수 있는 마지막 땅일지도 모른다.

브룩스 산맥은 인간의 손이 닿지 않은 자연의 분위기가 물씬 풍기는 아름다운 곳이다. 골짜기를 돌아갈 때마다, 아무도 본 적 없는 최초의 풍경을 보는 듯한 체험을 하게 된다. 특별할 것 없는 시냇물, 이끼 낀 바위, 하늘로 솟은 사시나무. 밤의 어둠이 사람을 겸손하게 만들 듯이 그 분위기에도 그런 힘이 있다.

　서부 브룩스 산맥에서 지낸 어느 가을의 일이다. 나는 앨라트나 강 유역을 혼자서 여행했다. 인디언서머라고 불리는 맑은 가을 날씨가 이어졌다. 겨울이 오려면 아직 먼 것처럼 느껴졌는데 저녁부터 북쪽 하늘에 회색 구름이 퍼지기 시작했다. 바람의 방향이 바뀌고 기온도 조금 내려갔다. 나는 그날의 여정을 일단락 짓고 평소보다 일찍 텐트를 쳤다. 마침 단풍이 절정이었다.
　물을 뜨러 강가에 갔더니 건너편 산비탈에 그리즐리 한 마리가 있었다. 캠핑하기에는 너무 가까운 거리였다. 텐트를 접고 이동할까 잠시 생각했지만, 어느 쪽이든 이 곰의 영역에서 빠져나갈 수 있는 것은 아니었다. 그 상태로 밤이 되었다. 날씨가 꽤 쌀쌀해졌다. 침낭 속으로 파고들었지만 곰이 신경 쓰여서 좀처럼 잠이 오지 않았다.

이곳은 사람이 사는 곳에서 몇백 킬로미터나 떨어진 북극권의 들판이다. 곰이 있는 것은 알지만 실제로 만나게 되면 역시 얘기가 달라진다.

그래도 곰이 존재하지 않는다면 나는 역시 이 땅에 오지 않을 것이다. 설령 점처럼 멀리 떨어져 있어도 한 마리의 곰은 이 광활한 들판의 온 풍경을 긴장시킨다. 그것으로 이 땅이 내가 아니라 그 곰에게 속한 곳임을 알게 한다.

나는 곰을 조심하지만 그다지 무섭지는 않다. 그러나 자연을 너무 우습게 생각하는 것이 아닐까 싶을 때가 있다. 진정한 공포심이 없는 것이다.

언젠가 찾아간, 들판에서 혼자 사는 원로 인디언 생각이 난다. 그는 오두막 주위를 어슬렁거리는 그리즐리에게 이상하게 겁을 먹었다. 나는 총도 있으니 그리 무서워할 필요 없다고 말했다. 뭔가 이상하기까지 했다. 하지만 오히려 내가 잘못 생각하고 있던 것은 아니었을까?

아침이 되어 눈을 뜨자 바람도 그치고 주위가 고요했다. 아래로 처진 텐트 천장을 밀자 뭔가가 우수수 떨어졌다. 텐트 입구를 열어보니 조용히 눈이 내려 산의 일면이 겨울의 풍경으로 바뀌어 있었다.

시베리아의 바람

에스키모 마을인 놈을 떠난 알래스카 항공의 제트기는 곧바로 서쪽을 향해 날았다. 오늘 하루만 이용할 수 있는 처음이자 마지막 경로다. 발아래로는 온통 빽빽한 얼음으로 덮인 베링 해가 보였고 특별기 승객 대부분은 창밖의 하얀 세상에 넋을 잃고 있었다. 한 시간이나 지났을까? 기복이 완만한 눈 덮인 산맥이 보였다. 시베리아였다. 정말 가깝구나. 지도상으로는 알고 있었지만, 두 개의 대륙이 알래스카와 시베리아로 거의 딱 붙어 있었다. 옛날 선주민은 이 루트를 통해 아시아에서 북아메리카로 건너왔다.

이제부터 미국과 소련이 한 팀을 이루어, 개썰매를 타고 시베리아에서 알래스카로 베링 해를 횡단하는 여행이 시작되려 하고 있었다. 약 2,000킬로미터의 거리였다.

특별기는 미국 측에서 멤버 여섯 명과 개를 이동시킬 수 있도록 소련이 단 하루 허가를 내린 베링 해 위를 날고 있었다.

일찍이 이 바다를 끼고 알래스카와 시베리아의 에스키모는 자유롭게 왕래하곤 했었다. 하지만 1948년, 국제 정세로 인해 베링 해를 통한 이동은 금지됐고, 그로부터 40년 동안 두 에스키모 세계는 따로따로 분리됐다. 이 여행에는 다시 한 번 이 바다에 자유로운 다리를 놓자는 바람이 담겨 있다. 그래서 멤버에는 미국과 소련 측 에스키모들이 각각 세 명씩 포함되어 있다.

고르바초프 시대가 되어 생겨난 페레스트로이카, 글라스노스트라는 새로운 물결, 그리고 민간 차원의 착실한 활동이 없었다면 실현될 수 없는 여행이었다.

"데자뷔 같았어요."

이번 일의 중심이자 여행의 리더인 폴 셰르크가 말했다.

"소련에 가서 시베리아 에스키모에게 이 계획에 대해 말했을 때, 3개월 전에 가진 알래스카 에스키모와의 모임이 떠올랐어요. 테이블 맞은편에 있는 그들은 알래스카 에스키모와 똑같은 얼굴을 하고 똑같은 반응을 보였죠. 모두가 이 일이 실현되기를 간절히 바랐어요."

시베리아의 도시 아나디리가 설원 속에 보였다. 공항에 도착하자 굉장한 추위 속에서 많은 사람의 환영을 받았다. 환영 파티, 점심식사, 에스키모 전통 춤…… 결코 풍족하다고 할 수 없는 시베리아의 작은 도시는 우리를 정성껏 대접해주었다.

하루뿐인 시베리아 여행. 극북의 해가 순식간에 저물고 우리는 멤버 여섯 명과 개들을 남기고 비행기를 탔다.

알래스카 측 에스키모 멤버 세 명을 소개한다.

로버트 술루크, 23세. 소小 다이오미드 섬 출신. 시베리아에 고모와 사촌이 산다. 1948년 그의 아버지는 빙무 때문에 52일 동안 시베리아 쪽에 갇혔었다고 한다.

애니 노튼, 45세. 코처뷰 출신. 있는지 없는지 모르겠지만 같은 성씨를 찾아서 친척을 찾고 싶다고 한다.

다니 아파가루크. 세인트 로렌스 섬 출신. 그녀는 시베리아 에스키모의 말을 할 수 있다. 역시 아직 만난 적이 없는 삼촌, 고모를 만나러 간다.

열두 명의 혼성 팀은 시베리아 도시 열여덟 군데를 지나고 이른 봄의 베링 해 빙원을 넘어, 여행 시작 61일 후인 5월 11일, 가랑눈이 흩날리는 놈으로 돌아왔다.

조지 아틀라

북미 개썰매 경주. 매년 페어뱅크스에서 열리는 이 경주는 길고 어두운 알래스카의 겨울 생활을 장식한다. 올해도 조지 아틀라가 출전했다.

이 경주는 사흘 동안 총 달린 시간을 겨루는데 오늘이 마지막 날이었다. 하얀 입김으로 에워싸인 응원 소리 속에서 개썰매 주자가 연이어 스타트를 끊었다. 조지 아틀라의 이름이 소개되자 길 위의 군중들이 한층 더 술렁거렸다. 움직이지 않는 왼쪽 다리를 끌며 개 열여덟 마리와 출발선에 선 조지는 바람처럼 달려 나갔다.

"조지가 왜 이렇게 승부에 집착하는지 모르겠어. 그에게 2위는 의미가 없어. 무조건 우승해야 하는 거야."

예전에 개썰매 주자로 활약한 바 있고 조지를 잘 아는 짐 웰지가 말했다.

조지 아틀라, 55세. 코육쿡 강 유역 허슬리아 마을 출신의 애서배스카 인디언이다. 소년 시절 결핵균 때문에 왼발의 상태가 악화되었다. 남동알래스카 싯카의 병원에 입원한 그는 고등학교를 졸업할 때까지 8년 동안 이 도시에서 지냈다.

그는 열여덟 살 때 다리가 완치되지 못한 채 마을에 돌아왔다. 하지만 바깥 세계에서 지낸 시간이 그의 마음에 골을 만들어 예전부터 지내온 마을 생활에 녹아들지 못했다. 두 문화 사이에서 갈등하던 조지는 어린 시절 좋아했던 개썰매에서 자신의 자리를 찾았다. 그는 조금씩 두각을 나타내며 마침내 알래스카를 대표하는 최고의 개썰매 주자로 성장했다. 7년 전 그의 반생이 알래스카에서 영화화되었다. 〈바람의 영혼〉. 나는 조지의 형 부부와 친해서 마을에 갈 때마다 그의 이야기를 들었다. 조지는 애서배스카 인디언의 자랑이 되었다. 그러나 그 후 술에 취해 일으킨 일련의 사건으로 많은 팬들이 떠나갔다. 사람들은 조지 아틀라에게 절대적인 영웅상을 바랐다.

이제 일선에서 활약할 젊은 나이가 아니다. 불편한 왼발에 더

해 눈이 보이지 않는 아버지에게서 유전된 녹내장 때문에 이미 조지는 한쪽 시력을 잃었다. 하지만 매년 그는 반드시 그 모습으로 경주에 나타났다.

"이겨야 하는 상대와 이유를 찾았을 때 조지는 믿을 수 없는 힘을 발휘해." 짐은 존경을 담아 말했다. "4년 전 지역 텔레비전 인터뷰에서 경주의 우승 후보에게 조지에 대해 물었어. '이제 그의 시대가 아니다'라고 콧방귀를 뀌며 건넨 한 마디가 조지의 가슴에 불을 붙였지. 모두의 예상을 뒤엎고 조지가 우승했어. 이해하기 어려운 복잡한 사람이지만 조지에게는 언제나 드라마가 있어."

사람은 누구든지, 언젠가 나쁜 패를 쥐고 어딘가에서 도움을 받으며 살아간다. 그의 인생은 조지 아틀라라는 개인을 넘어, 미국 사회 속에서 살아가야만 하는 애서배스카 인디언이 공유하고 있다.

1989년 북미 개썰매 경주가 끝났다. 1위 록시 라이트, 2위 조지 아틀라.

알래스카의 외침

이 땅에 처음 왔던 해에 새 배낭 하나를 구입했다. "이게 미국에서 가장 큰 배낭인가요?" 등산용품점 주인에게 물었던 기억이 지금도 난다. 긴 여행을 해야 했기에 커다란 배낭을 사야 한다고 막연히 생각한 것이다.

다양한 꿈을 품고 나는 알래스카에 왔다. 하고 싶은 일로 머릿속이 꽉 차 있었다. 나는 마치 그 일들을 차례차례 소화시키듯 여행을 했다.

북극권을 가로지르는 브룩스 산맥의, 사람의 발길이 닿지 않은 산과 계곡을 걸어 다녔다. 카약을 타고 글레이셔 만을 여행하며 빙하가 삐걱거리는 소리를 들었다. 남동알래스카의 깊은 원시림에도 들어갔다. 극북의 방랑자, 카리부의 긴 계절이동을 쫓아다녔다. 셀 수 없을 만큼 많은 오로라도 봤다. 늑대를 만났다. 에스키모들과 우미악을 저으며 북극해에서 고래를 쫓았다. 애서배스카 인디언 마을에서 포틀래치를 봤다. 수많은 사람들을 만나고 다양한 생활에 대해 알게 되었다.

알래스카의 자연은 내가 희망을 건 마음만큼 언제나 내게 무언가를 가르쳐줬다. 그리고 마침내, 어떤 한 가지에 대해 묻기 시작했다는 생각이 들었다.

정신을 차려보니 배낭은 완전히 터져서 이제 갈기갈기 찢어질 것 같았다. 그렇게 크게 보였던 배낭도 지금은 그렇지 않았다. 어느새 12년이 흘렀다. 분명 여행의 끝이 다가오고 있었다.

이 땅에서 살아가기로 결심했다. 그렇게 생각하기 시작했더니 다시 한 번 나는 이 땅의 입구에 서게 되었다. 눈앞의 지도가 사라지고 풍경도 달라져서 또다시 처음부터 걸어야 했다.

알래스카의 자연은 분명 다른 뭔가를 보여주는 것 같았다. 지금까지보다 조금 깊게 나를 받아들여주는 것 같았다.

가문비나무와 사시나무 숲속에 집을 지었다

페어뱅크스의 작은 숲속에 집을 지었다. 아직 가구 하나 없지만 멋진 장작 난로가 있다. 당분간은 이것만 있으면 된다. 이 난로가 앞으로의 생활에 기반이 될 것이다.

첫눈이 내렸다. 이제 겨울이 온다. 길고 추운 계절이 시작되는데 언제나 첫눈이 반갑게 느껴지는 이유는 무엇일까? 눈은 사람의 마음에 매우 따뜻한 존재일 것이다.

알래스카에서는 눈을 밟으면 사박사박, 이 아니라 뽀드득뽀드득 소리가 난다. 완전히 마른 가루눈이다.

봄이 될 때까지 녹지 않을까? 빛 속을 슬로모션처럼 훨훨 떨어졌다. 그 눈꽃 한 송이를 눈으로 쫓는 것만큼 즐거운 일은 없다. 자작나무의 마른 잎을 힘차게 밟고 지나간 것이 바로 어제 일인데 벌써 꽤 오래전 일처럼 느껴졌다.

장작 난로에 불을 지폈다. 탁탁, 알래스카 겨울 생활의 소리가 들렸다. 가문비나무 장작도 집 옆에 죄다 쌓아올려놨다.

깊이 쌓인 눈 위를 걸을 때 신는 스노 슈즈, 설원을 활강하는 크로스컨트리 스키…… 겨울철에 대비해 손질을 했다.

애서배스카 인디언 마을 허슬리아에서 새로운 털가죽 장화가 뜬금없이 도착했다. 캐서린에게 만들어달라고 부탁한 것이 벌써 5년 전 일인데 정말로 태평하기 짝이 없는 사람이다.

밤에 오랜만에 달렸다. 온도계는 영하 20도를 가리켰다. 눈을 밟는 소리가 너무나도 기분 좋았다. 부시파일럿 돈의 집까지 가자고 마음먹고 주위의 숲을 신경 쓰며 달렸다. 어제 무스 새끼와 어미가 이 길을 가로질러 갔다.

돈의 집에서 차를 마시고 천천히 걸어서 집에 돌아왔다. 달빛이 어렴풋이 눈길을 비췄다. 문득, 지금 나에게 돌아갈 집이 있다는 사실이 놀라웠다. 이 땅에 내 집이 있다는 것을 처음으로 실감했다. 통나무집을 세내어 지냈을 때는 이런 식으로 느낀 적이 없었다. 숲과 집의 등불이 보였다. 문을 여니 따뜻해서 참을 수 없었다.

피식! 무슨 소리지? 방 안을 둘러봤다. 아무것도 움직이지 않았다. 아마 가문비나무가 낸 소리일 것이다. 언젠가 톰이 말했다. 통나무집은 늘어나기도 하고 줄어들기도 해서 살아 있다고. 그래서 따뜻하게 느껴지는 것이라고.

그래도 시끄러운 여름이 지나고 가을도 다 지난 이 초겨울의 평온함이 좋다. 짧은 극북의 여름, 사람들은 마치 태양을 탐내 듯이 쉬지 않고 움직인다. 그것은 식물, 철새, 동물들도 마찬가 지다. 이제야 겨우 사람들은 생활의 페이스를 되돌리려고 한다. 어쩔 수 없는 일이긴 하다. 여름이 되면 아무래도 태양에 마음 이 쏠리기 마련이다.

이 땅에 사는 사람들에게 겨울의 가장 힘든 점은 영하 50도 의 추위가 아니라 너무나도 짧은 일조 시간이다. 태양은 머리 위에 더 이상 떠오르지 않는다. 지평선에 간신히 얼굴을 내밀었 다 싶으면 그대로 짧은 포물선을 그리며 저물고 만다. 그 후에 는 길고 긴 밤이 지배한다. 알래스카의 겨울 생활은 오로지 봄 을 기다리는 나날이기도 하다. 12월의 동지는 사람들 마음의 분 기점이 된다. 이날부터 일조 시간이 조금씩 늘어나기 때문이다. 진짜 겨울은 아직 더 남았는데 사람들은 날마다 봄이 다가온다 고 실감한다.

이제부터 시작되는 숲의 생활은 내게 어떤 자연과의 인연을 알려줄까? 지금까지 계속 돌아다녔던 나에게 정착할 장소가 생겼을 때 무엇이 보일까? 일단 이 작은 숲에 충분히 관심을 가져 보고 싶다. 집 주변에서 지금까지 내가 여행한 알래스카의 다양한 세계를 다시 한 번 바라보며 인연을 맺어나가고 싶다.

알래스카의 들판을 새의 눈이 되고 나서야 알았다

알래스카의 진정한 크기는 새의 눈이 되어 하늘에서 봐야 알 수 있다. 아득히 멀리 이어지는 산맥, 어디까지나 펼쳐지는 들판, 유유히 흐르는 큰 강······ 시각은 인간의 감각 중에서 가장 많은 정보를 주지만, 대상과의 거리에 따라 주는 정보가 다르다.

10월의 어느 날, 알래스카 북극권을 세스나로 날아갔다. 에스키모 마을에서 페어뱅크스로 돌아오는 도중이었다. 겨울이 서서히 다가오고 있었다.

저기압의 접근으로 상공의 바람이 강하게 불어 기체가 때때로 격하게 흔들렸다. 고도를 150미터까지 내리자 바람이 잔잔해지며 갑자기 새로운 세상이 펼쳐졌다. 막연하게만 보이던 광활한 숲이 있었는데, 이제 나무들을 일일이 분간할 수 있었다.

유리창에 얼굴을 대고 발아래로 흘러가는 들판을 바라보니 신기한 생각이 들었다. 저 나무 한 그루 아래서 예전에 누군가가 머문 적이 있을까? 아무도 보지 않았지만 그래도 나무는 잎을 물들였다가 전부 떨어뜨리고, 긴 겨울을 기다리며 그곳에 서 있었다.

흰 눈이 덮인 들판에 작고 까만 점이 보였다.

"곰일지 몰라."

파일럿이 중얼거리고 상공에서 곧장 접근했다.

회색곰 한 마리가 작은 생명조차 보이지 않는 하얀 세계에서, 뭔가를 생각하는 것처럼 오도카니 앉아 있었다. 먹잇감을 노리거나 걷고 있는 것도 아니었다. 그냥 그곳에 외따로 앉아 있는 것이었다. 그 어떤 극적인 장면보다 이런 풍경이 기억에 강렬하게 남는다. 알래스카의 넓이를 안 것은 이때였다.

인간이나 그 누군가를 위해서가 아니고 자신의 존재를 위해서 자연이 숨 쉬고 있다. 이 당연한 사실을 아는 것이 언제나 놀라웠다. 그것은 동시에 우리가 누구인지를 항상 생각하게 만들었다. 알래스카의 자연은 그 사실을 매우 알기 쉽게, 끊임없이 알려주는 듯하다.

인기척이 없는 들판을 다섯 시간이나 계속 날았더니 겨우 페어뱅크스의 불빛이 보였다. 숲의 나무들을 분간했듯이 고도가 낮아지면서 집집마다 등불을 구별할 수 있었다. 그러자 나무 한 그루를 보고 느꼈던 똑같은 신기함이 집 한 채의 불빛에서도 느껴졌다. 내가 모르는 사람들이, 그럼에도, 저마다의 다양한 일생을 보내고 있다. 당연한 사실인데도, 그렇게 생각하자 사람의 생활이 몹시 그리워졌다.

새의 눈이 되어 보면, 풍경도 인간의 삶도 똑같을지 모른다. 막연한 알래스카의 자연에 끌리는 마음과 사람에 대한 그리움은 어떻게 이어져 있는 것일까? 인간과 자연의 관계는 대체 무엇일까?

인디언의 포틀래치가 알려줬다

알래스카의 '자연의 혜택'에 대해 생각하면 캐서린 아틀라와 지낸 가을이 생각난다.

알래스카 북극권, 코유쿡 강 유역…… 이곳은 애서배스카 인디언의 땅이다. 캐서린 가족과 강 하류로 내려가며 우리는 무스를 찾아다녔다. 가을의 사냥철이다.

그리고 마을로 돌아가면 포틀래치가 기다렸다. 어느 노파가 세상을 떠난 지 1년이 지났다. 포틀래치는 인디언 세계에서 영혼을 떠나보내는 잔치다. 죽은 자의 영혼은 이날을 기점으로 여행을 떠난다. 그래서 무스 고기가 필요하다. 무스의 머리를 푹 고아 모든 것을 녹여낸 헤드 수프는 이 잔치에 빠뜨릴 수 없는 음식이다. 이 땅에 사는 애서배스카 인디언에게 무스는 포틀래치를 위한 '성스러운 음식'이다.

9월의 강 여행. 물가의 블루베리와 크랜베리 열매가 익어서, 빨간색과 노란색으로 불타는 듯 물들었다. 하루의 끝에 보트를 강가에 대고 야영했다. 흑곰 고기로 배를 채운 우리의 얼굴이 장작불에 붉게 달아올랐다. 캐서린은 차를 끓이며 말했다.

"어릴 때 할머니와 블루베리를 따러 갔었어. 난 열매를 하나씩 따는 것에 지쳐서 열매가 가득 달린 나뭇가지를 그대로 꺾어 할머니에게 들고 갔어. 그때 할머니가 이런 말씀을 했던 기억이 나. '블루베리 열매는 이제 더 이상 거기 안 열릴 거야. 그리고 네 운도 나빠질 게다.'"

캐서린의 아버지는 이 땅의 마지막 주술사였다. 캐서린 역시 종종 운에 대해 이야기했다. 사람이 가지고 있는 운은 일상생활 가운데 달라진다고 했다. 그것을 좌우하는 것은 그 사람을 둘러싸고 있는 것들과 관계하는 방식인 모양이었다. 그들에게 그것은 '자연'이다.

알래스카 내륙부에서 몇만 년 동안 삶을 이어온 애서배스카 인디언들. 그들의 문화는 피라미드나 신전 같은 유산은 하나도 남기지 않았다. 그러나 딱 하나 남긴 것이 있다. 바로 태곳적부터 변함없는, 그들의 생활을 둘러싼 숲이다.

다양한 생물, 나무 한 그루, 숲, 그리고 바람에도 영혼이 있다.

그리고 그 영혼이 인간을 주시하고 있다. 언젠가 들은 애서배스카 인디언 신화가 나무들로 둘러싸인 극북의 숲속에서 신화를 넘어 말을 걸어온다.

우리는 무스 한 마리를 잡고 마을로 돌아왔다. 그리고 며칠 후 포틀래치가 시작되었다. 흑곰, 비버, 연어, 블루베리와 크랜베리 등의 나무 열매들…… 이 땅의 온갖 자연의 혜택이 한자리에 마련되었다. 무스의 고기 또한 머리를 폭 삶은 수프와 함께 지금 눈앞에 있다.

노파가 낮고 억양이 없는 목소리로 불쑥 노래하기 시작했다. 마을 사람들이 커다란 원을 만들었고 그 안쪽에 죽은 자의 가족과 노파가 있었다. 단조로운 선율은 힘 있게 마음속 깊은 곳으로 울려 퍼졌다. 가족은 눈을 감은 채 노래에 맞춰 천천히 춤을 추었다. 어느새 마을 사람들이 원을 그리며 돌기 시작했다.

사람들은 먹고 춤추며 죽은 자에 대해 이야기했다. 오두막 안은 열기로 가득 찼고 죽은 자에 대한 슬픔은 신기하게도 밝은 기운으로 승화되어갔다.

산 사람과 죽은 사람, 유기물과 무기물의 경계는 도대체 어디에 있는 것일까? 수프를 마시니 극북의 숲에 살던 무스의 몸이 내 안으로 천천히 스며들었다. 이때 나는 무스가 되고 무스는 사람이 된다.

포틀래치의 춤은 점점 흥분의 도가니로 변했다. 오두막 주위에 숨 쉬는 자연. 바로 그곳에 숲이 있다. 그 숲은 과연 어디까지 이어져 있을까? 강은 어떨까? 우리가 무스를 찾으며 내려간 강은 지금 밤의 어둠 속을 끊임없이 흐르고 있다. 자연의 혜택 덕분에 살아가고 있다는 사람들의 마음.

나는 오두막 한구석에 서서 마을 사람들의 삶을 둘러싼 광활한 들판을 생각했다.

에스키모 마을 시슈머레프에서 모든 것이 시작되었다

오랜만에 시슈머레프 마을을 찾았다. 베링 해에 떠 있는 작은 에스키모 마을은 언제나 그리웠다. 나와 알래스카의 만남은 이 마을에서 시작되었기 때문이다.

벌써 18년이나 지났다. 알래스카를 동경하다 어느 날 책 한

권을 보게 되었다. 그 책에 실린 에스키모 마을의 사진에 매료되어 받는 사람의 이름도 없이 이 마을로 편지를 보냈다. 그리고 반년 후 생각지도 못한 답장을 보내준 웨이오와나 가족. 그 가족과 한 여름을 보낸 첫 알래스카…… 그 무렵 나는 아직 스무 살이었다.

"알쉬, 예전이랑 하나도 안 달라졌네요?"

"무슨 소리야! 벌써 이렇게 백발이 성성한걸."

예전에 나를 에스키모 보이라고 불렀던 알쉬는 웨이오와나 가족 중에서 내가 가장 좋아하는 할머니였다.

18년 전 내가 이 마을을 떠날 때 알쉬는 바다표범과 울버린 모피로 만든 에스키모 파카를 선물로 줬다. 그것은 나에게 최고의 보물이 되었다. 냄새를 맡으면 언제든지 그때의 그리운 여름과 알쉬를 떠올릴 수 있었다.

그 후 다시 알래스카에 돌아온 뒤에도 겨울 여행은 언제나 이 파카와 함께했다. 바다표범과 울버린의 온기와 알쉬의 푸근한 마음이 느껴졌다.

그러나 12년 동안 여행하다 보니 이 파카가 다 해져서 너덜너덜했다. 나는 어떻게든 알쉬의 수선을 받고 싶어서 시슈머레프 마을로 가져갔다.

"알쉬, 이 옷 고칠 수 있겠어요?"

그녀는 파카를 여기저기 만져본 후 안경을 벗으며 말했다.

"이건 이제 못 써. 가죽이 다 낡아서 새로 만들어야겠네."

할아버지 알렉스가 옆에서 미소를 지었다.

파도가 들이치는 해변으로 나갔다. 그해 여름, 나는 날마다 해질녘이 되면 세 살짜리 손녀딸 티나를 데리고 이 해변에서 베링 해의 파도 소리를 들었다. 다시 한 번 이곳에 돌아올 줄은 생각지도 못했다.

그 티나가 올해로 벌써 스무 살, 그 시절의 내 나이가 되었다. 그렇게 어렸는데 지금은 시슈머레프 마을 학교에서 아이들을 위해 급식을 만든다.

오랜 세월이 흘렀다. 그간 참 많은 여행을 했다. 그리고 지금 알쉬와 티나가 사는 이 알래스카에 나도 뿌리를 내리려고 한다. 사람과의 만남이 신기하다는 생각이 들었다.

새롭게 한 발을 내딛으려고 하는 지금, 알래스카 여행의 첫걸음을 내딛었던 이 마을에 다시 돌아왔기 때문이다.

12월에 알쉬가 새 파카를 만들어 페어뱅크스로 보내주기로 했다.

편집 후기

이 책은 호시노 미치오의 유고집으로 편집한 것이다. 따라서 1999년 3월 현재를 기준으로, 기존에 발표했지만 단행본에 실리지 않은 글을 가능한 한 수록하도록 편집 방침을 세웠다.

기존에 출간된 호시노 미치오의 에세이 또는 사진집, 문집에 수록된 문장과 내용 및 문체의 경우, 중복되더라도 유고집이라는 의도에 따라 이 책에 수록했다.

하지만 이 책의 수록 대상이 된 글 가운데, 두 개의 에세이에서 동일한 문장을 부분적으로 사용한 경우가 있었다. 그런 부분이 열 줄 전후일 경우에는 비교 검토 후 둘 중 하나만 수록했다. 그런 사정으로 이 책에 실리지 않은 문장이 꽤 있다.

이 책의 마지막에 수록된 「알래스카의 외침」 중 소제목 '알래스카에 혼자 비행해 온 여성, 셸리아 헌터'의 내용이 이 책에 실린 「약속의 강」과 같은 부분이 많아서 그 내용만 삭제했다.

1의 글 중 「혹등고래를 쫓아서」 「카리부 펜스」 「새로운 사람들」 세 편은 단행본 『여행하는 나무』에서 빠진 부분을 발표 순서대로 수록했다.

2의 글 중 6, 7, 10번째의 글은 저작권 계승자의 승낙을 얻어 이 책에 수록할 때 제목을 바꿨다.

이 책 2와 3의 글은 잡지, 신문에 실렸을 때 저자가 직접 찍은 사진이 함께 실렸다. 똑같은 형태를 따랐으나 이 책의 사진은 잡지 및 신문에 실린 것과 반드시 같지는 않다.

표기는 원칙적으로 처음 발표했을 때의 문장을 존중했지만 숫자, 고유명사 등은 기존에 출간된 저자의 책에 표기한 방법을 참고하여 일정하게 통일했다.

(문예춘추 출판국)

옮긴이 **박재영**

서경대학교 일어학과를 졸업했다. 어릴 때부터 출판, 번역 분야에 종사한 외할아버지 덕분에 자
연스럽게 책을 접하며 동양권 언어에 관심을 가졌다. 분야를 가리지 않는 강한 호기심으로 다양
한 장르의 책을 번역, 소개하기 위해 힘쓰고 있다.

『이제부터 민폐 좀 끼치고 살겠습니다』『별을 쫓는 아이』『쏘아올린 불꽃 밑에서 볼까? 옆에서 볼
까?』 등을 우리말로 옮겼다.

긴 여행의 도중

초판 발행   2019년 3월 18일

지은이   호시노 미치오
옮긴이   박재영
펴낸이   김정순
편집   김이선
디자인   김진영
마케팅   임정진 김보미 전선경

펴낸곳   (주)북하우스 퍼블리셔스
출판등록   1997년 9월 23일 제406-2003-055호
임프린트   엘리
주소   04043 서울시 마포구 양화로 12길 16-9 (서교동 북앤빌딩)
전자우편   ellelit@naver.com
블로그   blog.naver.com/ellelit
전화번호   02 3144 3123
팩스   02 3144 3121

ISBN 978-89-5605-990-7 03830

엘리는 출판사 북하우스의 임프린트입니다.

이 도서의 국립중앙도서관 출판도서목록(CIP)은 서지정보유통지원시스템 홈페이지
(http://seoji.nl.go.kr)와 국가자료공동목록시스템(http://www.nl.go.kr/kolisnet)에서
이용하실 수 있습니다.(CIP제어번호: CIP2018035343)